CONTOS MORAIS

J.M. COETZEE

Contos morais

Tradução
José Rubens Siqueira

Copyright © "The Dog" by J.M. Coetzee, 2017. © "Story" by J.M. Coetzee, 2014. © "Vanity" by J.M. Coetzee, 2016. © "As a Woman Grows Older" by J.M. Coetzee, 2008, 2013. © "Lies" by J.M. Coetzee, 2011. © "The Glass Abattoir" by J.M. Coetzee, 2017. © "Moral Tales" by J.M. Coetzee, 2017.
Todos os direitos mundiais reservados ao proprietário.
Publicado mediante acordo com Peter Lampack Agency, Inc.
350 Fifth Avenue, Suite 5300 New York, NY 10118 USA.

Grafia atualizada segundo o Acordo Ortográfico da Língua Portuguesa de 1990, que entrou em vigor no Brasil em 2009.

Título original
Moral Tales

Capa
Kiko Farkas e Thiago Lacaz

Preparação
Ana Cecília Agua de Melo

Revisão
Ana Luiza Couto
Valquíria Della Pozza

Dados Internacionais de Catalogação na Publicação (CIP)
(Câmara Brasileira do Livro, SP, Brasil)

Coetzee, J.M.
    Contos morais / J.M. Coetzee ; tradução José Rubens Siqueira. — 1ª ed. — São Paulo : Companhia das Letras, 2021.

    Título original: Moral Tales.
    ISBN 978-65-5921-345-0

    1. Contos sul-africanos I. Título.

21-72176   CDD-AS823

Índice para catálogo sistemático:
1. Contos : Literatura sul-africana   AS823

Cibele Maria Dias – Bibliotecária – CRB-8/9427

[2021]
Todos os direitos desta edição reservados à
EDITORA SCHWARCZ S.A.
Rua Bandeira Paulista, 702, cj. 32
04532-002 — São Paulo — SP
Telefone: (11) 3707-3500
www.companhiadasletras.com.br
www.blogdacompanhia.com.br
facebook.com/companhiadasletras
instagram.com/companhiadasletras
twitter.com/cialetras

Sumário

O cachorro, 7

Conto, 15

Vaidade, 27

Quando uma mulher envelhece, 35

A velha e os gatos, 67

Mentiras, 95

O matadouro de vidro, 105

O cachorro

A placa no portão diz *Chien méchant* e o cachorro é *méchant* mesmo. Cada vez que ela passa, ele se joga contra o portão, uivando de desejo de alcançá-la e despedaçá-la. É um cachorro grande, um cachorro sério, alguma espécie de pastor-alemão ou rottweiler (ela sabe pouco sobre raças de cachorros). Em seus olhos amarelos ela sente ódio do tipo mais puro brilhando para ela.

Depois, quando a casa com o *chien méchant* fica para trás, ela rumina sobre esse ódio. Sabe que não é pessoal: qualquer um que chegue perto do portão, qualquer um que passe a pé ou de bicicleta, será a ponta receptora dele. Mas até que ponto esse ódio é sentido? É como uma corrente elétrica, ligada quando um objeto é avistado e desligada quando o objeto sumiu na esquina? Será que os espasmos de ódio continuam a sacudir o cachorro quando ele fica sozinho de novo, ou o ódio se apaga de repente e ele volta a um estado de tranquilidade?

Ela passa de bicicleta na frente da casa duas vezes por dia, uma vez a caminho do hospital onde trabalha, uma vez quando termina seu turno. Como suas passagens são tão regulares, o cachorro sabe quando esperá-la: mesmo antes de ela estar visível ele está no portão, ofegando de ansiedade. Como a casa fica numa ladeira, seu avanço de manhã, subindo, é lento; à tarde, felizmente, ela pode passar depressa.

Pode não saber nada de raças de cachorros, mas tem uma boa ideia da satisfação do cachorro nesses encontros com ela. É a satisfação de dominá-la, a satisfação de ser temido.

O cachorro é macho, não castrado pelo que ela pode ver. Ela não faz a menor ideia se ele sabe que ela é fêmea, se aos olhos dele um ser humano tem de pertencer a um de dois gêneros, correspondentes aos gêneros de cachorros, e portanto se ele sente dois tipos de satisfação ao mesmo tempo: a satisfação de um animal dominando outro animal, a satisfação de um macho dominando uma fêmea.

Como o cachorro sabe que, apesar de sua máscara de indiferença, ela tem medo dele? A resposta: porque ela exala o cheiro do medo, porque não consegue esconder isso. Toda vez que o cachorro avança nela, um arrepio lhe percorre a espinha e uma pulsação de odor se desprende de sua pele, um odor que o cachorro capta imediatamente. Lança-o num êxtase de raiva, esse sopro de medo que vem do ser do outro lado do portão.

Ela o teme e ele sabe. Duas vezes por dia, pode esperar por isso: a passagem desse ser que tem medo dele, que não consegue esconder seu medo, que exala um cheiro de medo assim como uma cadela exala um cheiro de sexo.

Ela leu Agostinho. Agostinho diz que a prova mais clara de que somos criaturas decaídas está no fato de não conseguirmos controlar os movimentos de nossos corpos. Especificamente, um homem não consegue controlar os movimentos de seu membro viril. Esse membro se comporta como se possuísse vontade própria; até mesmo como se fosse possuído por uma vontade externa.

Ela pensa em Agostinho quando chega ao sopé da ladeira onde fica a casa, a casa com o cachorro. Será que vai conseguir se controlar dessa vez, terá a força de vontade necessária para evitar exalar o humilhante cheiro de medo? E cada vez que escuta o rosnar no fundo da garganta do cachorro que pode ser tanto um rosnar de raiva como de tesão, cada vez que ela sente o choque dele contra o portão, recebe sua resposta: hoje não.

O *chien méchant* está fechado num jardim onde não cresce nada além de ervas daninhas. Um dia, ela desce da bicicleta, se apoia no muro da casa, bate na porta, espera e espera, enquanto a poucos metros o cachorro recua e se atira contra a cerca. São oito da manhã, não é uma hora em que as pessoas batam na porta dos outros. Mesmo assim, a porta se abre um pouquinho. Na luz mortiça, ela divisa um rosto, o rosto de uma velha, com feições abatidas e cabelo grisalho despenteado. "Bom dia", ela diz em seu francês nada mau. "Posso falar com a senhora um momento?"

A porta se abre mais. Ela entra em uma sala pouco mobiliada onde, nesse momento, há um velho de cardigã vermelho sentado à mesa com uma tigela na frente. Ela o cumprimenta: ele responde com a cabeça, mas não se levanta.

"Desculpe incomodar tão cedo", diz ela. "Passo de bicicleta na frente de sua casa duas vezes por dia e todas as vezes, sem dúvida já ouviram, seu cachorro está esperando para me cumprimentar."

Faz-se silêncio.

"Isso acontece há alguns meses. Imagino se não está na hora de uma mudança. Os senhores estariam dispostos a me apresentar ao seu cachorro, para que ele possa se familiarizar comigo, para que aprenda que não sou um inimigo, que não desejo nenhum mal?"

O casal troca olhares. O ar da sala está parado, como se nenhuma janela fosse aberta há anos.

"É um bom cachorro", diz a mulher. "*Un chien de garde*", um cão de guarda.

Com o quê ela entende que não haverá apresentação, nenhuma familiarização com o *chien de garde*: que como convém a essa mulher tratá-la como inimigo ela continuará a ser um inimigo.

"Toda vez que passo na frente de sua casa seu cachorro entra em estado de fúria", ela diz. "Sem dúvida ele acha que é dever dele me odiar, mas fico chocada com o ódio dele por mim, chocada e apavorada. Toda vez que passo na frente de sua casa é uma experiência humilhante. É humilhante ficar tão apavorada. Não ser capaz de resistir. Não conseguir deter esse medo."

O casal olha petrificado para ela.

"É uma via pública", ela diz. "Tenho o direito de não ser amedrontada, de não ser humilhada em uma via pública. Vocês têm condições de corrigir isso."

"É a nossa rua", diz a mulher. "Não convidamos você a passar por aqui. Pode pegar outra rua."

O homem fala pela primeira vez. "Quem é você? Que direito tem de vir nos dizer como devemos nos portar?"

Ela está a ponto de responder, mas ele não está interessado. "Fora", ele diz. "Fora, fora, fora!"

O punho do cardigã de lã que ele usa está desfiando; quando ele gesticula com a mão para dispensá-la, molha-o na tigela de café. Ela pensa em indicar isso a ele, mas não o faz. Sem uma palavra, se retira, a porta se fecha atrás dela.

O cachorro se atira contra a cerca. *Um dia*, diz o cachorro, *esta cerca vai ceder. Um dia*, diz o cachorro, *vou te despedaçar.*

Com a calma que consegue ter, embora esteja tremendo, embora sinta ondas de medo que pulsam de seu corpo para o ar, ela olha para o cachorro e fala, usando palavras humanas. "Maldito, vá para o inferno!", ela diz. Então monta na bicicleta e sobe a ladeira.

2017

Conto

Ela não sente culpa. Isso é que a surpreende. Nenhuma culpa.

Uma vez por semana, às vezes duas, ela vai ao apartamento do homem na cidade, se despe, faz amor com ele, se veste, sai do apartamento, dirige até a escola para pegar sua filha e a filha do vizinho. No carro, a caminho de casa, ela ouve a história do dia delas na escola. Depois, enquanto as duas comem bolachas e assistem à televisão, ela toma uma ducha, lava o cabelo, se recupera, se torna ela mesma de novo. Sem culpa. Cantarolando sozinha.

Que tipo de mulher eu sou?, ela se pergunta, o rosto voltado para a cascata de água morna, sentindo o baque suave das gotas nas pálpebras, nos lábios. Que tipo de mulher eu posso ser, que me vem tão fácil essa deslealdade, essa infidelidade?

Infidelidade: foi essa a palavra que ela pronunciou para si mesma no momento em que o homem deslizou para dentro dela pela primeira vez. Tudo o que veio antes daria para desculpar, daria para deixar de lado: os beijos, o desnudamento, as carícias, os toques íntimos. Tudo isso podia receber outro nome, brincadeira, por exemplo, brincar com a infidelidade, até brincar com a ideia de infidelidade. Como bebericar, mas não engolir. Não ainda a coisa de verdade. Mas quando ele deslizou para dentro dela, o que aconteceu com facilidade e gratidão, se tornou irreversível, se tornou fato. Estava acontecendo; tinha acontecido.

Agora ela engole todas as vezes. Mal pode esperar para engoli-lo para dentro de seu corpo. Que tipo de mulher sou eu?, ela pensa. E a resposta parece ser: você é uma mulher direta. Sabe (finalmente!) o que quer. Recebe o que quer e fica satisfeita. Você quer e quer, mas quando recebe fica satisfeita. Portanto não é insaciável, não é uma mulher insaciável.

Espelho, espelho meu: me diga!

Ele não é homem do tipo doméstico, mas ao se preparar para as visitas dela compra sushi; e depois, se têm tempo, sentam-se na sacada, olham o tráfego lá embaixo e comem sushi.

Às vezes, em vez de sushi, ele compra baclavá. Não existe nenhuma relação perceptível entre dias de sushi e dias de baclavá. Todos os dias, todas as visitas são igualmente diretas, igualmente satisfatórias.

De vez em quando, o marido dela passa a noite fora, a negócios. Ela não faz uso de sua liberdade para passar a noite com o homem. Tem uma ideia bem clara de quais são os limites do que existe entre eles, de quais são os limites que ela quer. Especificamente, não quer que aquilo que existe entre eles interfira com sua casa — sua casa que inclui seu casamento.

O que existe entre eles ainda não tem nome. Quando terminar, terá nome: um caso. Uma vez eu tive um caso com um estranho, ela confessará a uma amiga, tomando um café. Não contei para ninguém, você é a primeira pessoa a que eu conto, você tem de manter segredo, tem de prometer. Foi um caso que durou três meses ou seis meses ou três anos. No passado. Foi um caso e foi surpreendentemente simples, surpreendentemente bom, tão bom que nunca tentei repetir. Por isso é que posso te contar; porque faz parte do meu passado, parte de quem eu era, parte do que me fez ser o que eu sou, mas não parte de mim. Eu era infiel, mas isso tudo acabou. Agora sou fiel de novo. Agora estou inteira.

O marido dela viaja a negócios e à meia-noite ela telefona para ele. "Onde você está agora?", pergunta. Está no quarto de hotel, ele responde. "Está sozinho?", ela pergunta. Claro que está sozinho, ele responde. "Prove", ela diz. "Diga que me ama." Ele diz que a ama. "Diga mais alto", ela fala. "Diga para todo mundo ouvir." Ele diz que a ama, que a adora, que ela é a única mulher de sua vida. Ele também diz, uma segunda vez, que está sozinho; pergunta se ela está com ciúmes. "Claro que estou com ciúmes", ela diz. "Por que mais eu perderia o sono, pensando em você no quarto de hotel com uma estranha? Por que mais eu iria te ligar?"

É tudo mentira. Ela não está com ciúmes. Como poderia estar? Está satisfeita e uma mulher satisfeita não sente ciúmes. Essa parece ser a lei.

A razão por que ela telefona ao marido à meia-

-noite no quarto de hotel dele em outra cidade é deixar claro para ele que ela não está naquele momento recebendo um homem estranho em casa, no leito matrimonial. O marido não tem a menor suspeita a respeito dela; o marido não é um homem naturalmente desconfiado; mesmo assim, ela telefona e finge estar com ciúmes. É uma coisa ardilosa, depravada mesmo.

O homem com quem se encontra, o homem que a recebe em sua própria casa, em sua própria cama, tem um nome. Na frente dele, ela usa seu nome, que é Robert; mas quando é ela mesma de novo o chama de X. O chama de X não porque ele seja um enigma ou um desconhecido, mas porque X é o sinal que se usa para apagar um nome, um Robert ou um Richard. Você põe um X em cima e acabou-se.

Ela não odeia X e não o ama, mas ama sim o jeito com que ele olha para ela, e o que faz com ela como consequência do jeito que olha para ela. Ela deitada nua na cama dele, no apartamento que é a casa dele, e ele olha para ela com tamanha alegria nos olhos, tamanho prazer, tamanho desejo, que...

Se X fosse um pintor, ela o convenceria a pintá-la nua na cama dele. Usaria uma daquelas máscaras venezianas para a ocasião. *Nu com máscara*, seria o título da pintura. Ela o faria expor a pintura para todo mundo ver como é o corpo de uma mulher que é desejada.

Se X fosse um pintor de verdade, ele acharia um jeito de dizer em sua pintura: olhem este corpo que é tão desejado; e se eu escolher tirar a máscara, olhem uma mulher que é tão desejada.

Tão: o que quer dizer *tão*?

Ele não é um pintor, claro. Tem um emprego daquele tipo que permite tirar tardes livres, às vezes uma vez por semana, às vezes duas. Ela sabe qual emprego, ele contou, mas não é importante e portanto ela escolhe esquecer.

Ele pergunta sobre o marido dela, sobre as relações entre eles. "Você acha que estou usando você para atingir meu marido?", ela pergunta. "Não podia estar mais errado. Tenho um casamento perfeitamente feliz."

Não há nada errado com seu casamento. Está casada há dez anos ou há sete anos, dependendo de como se define estar casado, e ela não tem razão para não acreditar que vai estar casada indefinidamente, ou pelo menos até o dia em que morrer. Nunca foi mais atenta a seu marido do que é agora, mais receptiva, mais amorosa. O amor que fazem é tão bom como sempre foi, melhor.

É por estar saindo com um homem estranho uma vez por semana, às vezes duas, porque o estranho, X, desperta seu desejo e o satisfaz, que o amor com o marido está tão bom como sempre, talvez melhor? O homem estranho, X, lhe deu para ler um conto de Robert Musil, uma história sobre uma mulher que tem um caso com um estranho e depois volta para o marido amando-o mais que nunca. Ele lhe dá o conto como se fosse fornecer a ela algum tipo de esclarecimento, mas não podia estar mais enganado. Ela não é como a mulher do conto, Celeste ou Clarice. A Clarice do conto é perversa; ela não é perversa. Mais especificamente, a Clarice do conto tenta resgatar a perversidade do pântano moral em que caiu, resgatá-la e redimi-la, enquanto não há nada perverso no que ela faz nas tardes em que visita a cidade. Não há nada perverso nisso porque não tem nada a ver com seu casamento. O que ela faz nessas tardes é feito em seu tempo livre, um tempo em que, pelo espaço de uma ou duas horas, ela cessa de ser uma mulher casada e é simplesmente ela mesma.

Uma mulher casada, como resultado de uma decisão consciente, pode cessar de ser uma mulher casada por um espaço de tempo e ser apenas ela mesma, depois voltar a ser uma mulher casada outra vez? O que significa ser uma mulher casada?

Ela não usa aliança de casada. Nem o marido. Tomaram a decisão juntos, no começo, sete ou dez anos atrás. Uma aliança de casada é a marca visível que distingue uma mulher casada de uma mulher que é apenas uma mulher. Se existe algum outro tipo de marca, uma invisível, ela não sabe qual pode ser. Especificamente, quando olha em seu coração, ela vê apenas que ela é ela mesma.

O conto de Robert Musil a pôs na defensiva em relação a X. Ela não tem certeza se a Clarice do conto está mentindo para si mesma (ela não vê como a questão possa ser objeto de decisão), mas o fato de que a questão vem à tona em relação a essa Clarice significa que a questão deve vir à tona em relação a ela mesma. Será que todas essas questões sobre o que significa ser uma mulher casada são um jeito de justificar sua infidelidade? Ela acha que não; mas ao mesmo tempo não vê como essa questão possa ser objeto de decisão.

Ela acredita de fato que foi um erro X ter lhe dado o conto para ler. Um erro do ponto de vista dele, uma vez que turvou a água que nunca fora turva antes, e um erro do ponto de vista dela também, uma vez que ela pensa mal de X por achar que ela é (ou não é) como a mulher do conto, e é importante para ela pensar bem de X.

O que continua a intrigá-la é que ela não sente nenhuma culpa. Às vezes, nos braços de seu marido, ela sente vontade de dizer: "Não sabe como eu me sinto abençoada de ser amada por dois homens. Meu coração explode de gratidão". Mas, sensatamente, não age por impulso. Sensatamente ela sela os lábios e se concentra em espremer a última gota de prazer do ato em que estão envolvidos, ela e o marido que ela ama.

"Por que você está sempre sorrindo?", a filha pergunta a ela no carro. É um dia em que estão só as duas voltando de carro para casa, a filha do vizinho faltou na escola, doente.

"Estou sorrindo porque é muito bom estar com você."

"Mas você está sempre sorrindo", diz a filha, "mesmo quando a gente está em casa."

"Estou sorrindo porque a vida é tão boa. Porque tudo é tão perfeito."

Tudo é perfeito. Será isso a perfeição: ter um marido e ter um amante também? Será isso que podemos esperar no céu: bigamia, múltipla bigamia, bigamia de todos com todos?

Na verdade, ela é uma pessoa bem conservadora em sua moral. Quando essa coisa acabar, essa coisa que parece condenada a ser despachada como um caso, ela duvida que venha a ter outro. Os casos de que ouviu suas amigas falarem, os casos que lhe foram confidenciados, parecem ter sido raramente bem-sucedidos. Seria desafiar o destino esperar para ela não apenas um primeiro caso bem-sucedido, como também toda uma série de sucessivos casos bem-sucedidos. Então quando esse acabar, em três meses ou três anos ou seja lá quando for, ela vai voltar a ser uma mulher casada o tempo todo, dia e noite, sepultada dentro dela a lembrança do que é estar estendida numa cama num dia quente de verão, devorada pelo olhar de um homem que, mesmo que não seja capaz de pintá-la, irá levar por toda a vida, gravada no coração, essa imagem da beleza nua.

2014

Vaidade

É aniversário da mãe deles, sessenta e cinco anos e portanto importante. Eles chegam juntos ao apartamento dela, sua irmã, sua esposa e ele, com os dois netos e todos os presentes de aniversário: bem apertados no carro pequeno.

Pegam o elevador para o último andar, tocam a campainha. Ela mesma abre a porta, ou, pelo menos, uma mulher que parece e estranhamente não parece a mãe deles. "Olá, meus queridos", diz essa estranha ou meio estranha mulher. "Não fiquem aí parados — entrem!"

Quando estão todos dentro do apartamento, ele entende o que mudou. Ela tingiu o cabelo. Essa mulher, a mãe dele, que sempre usou o cabelo severamente curto desde que ele se lembra, cujo cabelo começou a ficar grisalho aos quarenta e poucos anos, agora está loira e, além disso, tem um corte e um penteado elegante, com uma onda insinuante caída sobre o olho direito. E a maquiagem! Ela, que nunca usou maquiagem, ou pelo menos, se usou, foi tão mínima que um homem pouco observador como ele não detectava nada, escureceu as pálpebras e coloriu os lábios com um tom que ele acredita se chamar coral.

Os netos, filhos dele, que, como são crianças, não aprenderam a esconder seus sentimentos, têm a reação mais direta. "O que você fez, vovó?", pergunta Emily, a mais velha. "Está esquisita!"

"Não vão beijar a vovó?", pergunta a mãe dele. Não há emoção em seu tom, não há mágoa. Ele está acostumado a certa dureza nela e essa dureza em nada se perdeu. "Acho que eu não estou nada esquisita. Acho que estou bem assim e outras pessoas concordam. Vocês logo acostumam. De qualquer forma, é meu aniversário que nós vamos comemorar, não o de vocês. Vai chegar a sua vez. Nós todos temos a nossa vez, uma vez por ano, enquanto estamos vivos. É assim que é aniversário."

Claro que é rude que as crianças a evitem desse jeito. Mesmo assim, é um alívio falar abertamente disso, dessa manifestação dela, que então eles podem inspecionar.

Ela serve chá e bolo, com seis velas e meia no bolo para representar seis décadas e meia. Ela convida o menino pequeno para apagar as velas, coisa que ele faz.

"Adorei esse estilo novo", diz a irmã dele, Helen. "Pronto. Falei. Sou totalmente a favor de começar de novo. O que você acha, John?"

Ele, John, como não é mais criança e portanto aprendeu a esconder seus sentimentos, concorda. "A coisa absolutamente certa para seu aniversário", ele diz. "Começar de novo. Um novo capítulo."

"Obrigada", diz a mãe. "Claro que você não está sendo sincero. Mas agradeço mesmo assim. Acho que vocês agora querem saber o sentido disto."

Ele não quer saber particularmente qual o sentido daquilo. A nova aparência já é bem surpreendente sem precisar de um sentido. Mas ele não diz nada.

"Não é para sempre", diz sua mãe. "Fiquem tranquilos, é por pouco tempo. Vou voltar a ser eu mesma na hora certa, quando acabar a temporada. Mas quero que olhem para mim outra vez. Só uma ou duas vezes mais na minha vida, quero que olhem para mim como se olha para uma mulher. Só isso. Só um olhar. Nada mais. Não quero partir sem ter tido essa experiência."

Um olhar. Ele troca alguma coisa com a irmã, um olhar, uma expressão, o tipo de olhar deles, um tipo de olhar que ocorre não entre um homem e uma mulher, mas entre irmão e irmã com uma longa história de conluio por trás deles.

"Não acha que pode se decepcionar?", Helen pergunta. "Não que não vá receber um olhar, mas que o olhar que receber possa ser um olhar do tipo errado?"

"O que você quer dizer com isso?", pergunta a mãe. "Acho que eu sei, mas mesmo assim diga com todas as letras."

Helen fica muda.

"Quer dizer um olhar de horror?", pergunta a mãe. "Quer dizer o tipo de olhar que se daria a um cadáver vestido para o baile? Acha que isto aqui é extravagante?" Ela joga para o lado a onda de cabelo loiro.

"Está muito bom", diz Helen, recuando.

Do começo ao fim, sua mulher não disse nem uma palavra. Mas no carro, voltando para casa, ela desabafa. "Ela vai se machucar", diz. "Se ninguém interferir, ela vai se machucar e nós vamos levar a culpa porque deixamos acontecer."

"Deixamos acontecer o quê?", Helen pergunta.

"Você sabe o que eu quero dizer", a esposa fala. "Ela está descontrolada."

Então resta a ele defendê-la. "Ela não está descontrolada", ele diz. "É um ser humano totalmente racional. É irracional desejar alguma coisa com toda força e fazer o possível para conseguir isso?"

"O que ela quer?", pergunta Emily, a filha, no banco de trás.

"Você ouviu o que a vovó falou", diz ele. "Ela quer repetir certa experiência que tinha quando era mais moça. Só isso."

"Que experiência?"

"Você ouviu. Quer que olhem para ela de um certo jeito. Com admiração."

"Então por que ela vai se machucar?"

"Sua mãe está fazendo uma metáfora. Norma, conte o que quer dizer com isso."

"Ela vai ficar decepcionada", diz Norma, a esposa, mãe das crianças. "Não vai receber o olhar que ela quer. Vai receber outro tipo de olhar."

"Que outro tipo?"

Norma fica de boca fechada.

"Que outro tipo de olhar, mãe?"

"O tipo de olhar que a pessoa recebe quando é... inadequada. Quando se veste de um jeito inadequado. Quando não tem a idade adequada para qualquer coisa que pretenda ser."

"O que é inadequado?"

Um silêncio.

"Inadequado é fora do comum", ele diz. "Quando você faz alguma coisa fora do comum ou surpreendente, algumas pessoas acham que é inadequado."

"Não foi nada disso que eu quis dizer", Norma falou. "Inadequado é mais que fora do comum. Inadequado é bizarro. É o que acontece quando você fica velha e começa a perder a cabeça."

"Sessenta e cinco não é velha", ele protesta. "Setenta não é velha. Nem oitenta é velha hoje em dia."

"Sua mãe sempre viveu num mundo só dela, um mundo irreal. Você sabe muito bem disso. Tudo bem quando ela era mais moça. Mas agora essa irrealidade, irrealidade de fato, está começando a chegar nela. Está se comportando como uma pessoa saída de um livro."

"E como as pessoas de livros se comportam?"

"Ela está se comportando como alguém que saiu de Tchekhov. Uma daquelas pessoas que tentam reconquistar a juventude e se machucam. Acabam humilhadas."

Ele leu Tchékhov, mas não se lembra de nenhum conto em que uma mulher tinge o cabelo e sai em busca de um olhar, nada mais, *un certain regard*, e acaba machucada, acaba humilhada.

"Fale mais", ele pede. "Conte mais sobre essa mulher de Tchekhov. Ela se machuca e depois o que acontece?"

"Ela volta para casa pela neve, a casa está vazia, o fogo na lareira apagado. Ela para na frente do espelho, tira a peruca — em Tchékhov é uma peruca — e fica triste."

"E daí?"

"Só isso. Ela fica triste e o conto termina. Triste para todo o sempre. Depois que aprendeu a lição."

2016

Quando uma mulher envelhece

Ela está visitando a filha em Nice, a primeira visita em anos. O filho virá dos Estados Unidos passar alguns dias com elas a caminho de alguma conferência. Ela acha interessante essa confluência de datas. Ela se pergunta se não terá havido algum conluio, se os dois não estão planejando algo, alguma proposta daquelas que os filhos fazem aos pais quando sentem que eles não são mais capazes de se cuidar sozinhos. *Tão obstinada*, eles terão dito um ao outro: *tão obstinada, tão teimosa, tão caprichosa — como vamos superar essa obstinação dela, senão agindo em conjunto?*

Eles a amam, claro, senão não estariam fazendo planos para ela. Mesmo assim, ela se sente como um daqueles aristocratas romanos à espera da bebida fatal, esperando que lhe digam do modo mais confidencial, mais compassivo que, para o bem geral, deve beber sem reclamar.

Seus filhos sempre foram bons, dedicados, enquanto filhos. Se ela como mãe foi igualmente boa e dedicada é outra questão. Mas nesta vida nem sempre recebemos o que merecemos. Seus filhos terão de esperar outra vida, outra encarnação, se querem empatar o jogo.

Sua filha cuida de uma galeria de arte em Nice. Sob todos os aspectos práticos, sua filha agora é francesa. O filho, com sua esposa americana e filhos americanos, logo será americano, sob todos os aspectos práticos. Então, tendo deixado o ninho, voaram para longe. Pode-se até pensar, quando não se sabe de tudo, que eles voaram para longe para se livrar dela.

Qualquer que seja a proposta que vão fazer a ela, certamente será cheia de ambivalência: amor e solicitude por um lado, brusca frieza por outro e um desejo de ver o fim dela. Bem, ambivalência não vai desconcertá-la. Ela fez da ambivalência um meio de vida. Onde iria parar a arte da ficção se não fosse pelos duplos sentidos? O que seria da vida em si se só houvesse cabeça e pé sem nada entre os dois?

"O que eu acho inquietante, ao envelhecer", ela diz ao filho, "é que ouço, saindo da minha boca, palavras que um dia ouvi de velhos e jurei que nunca diria. Coisas como *onde este mundo vai parar*. Por exemplo: parece que ninguém mais tem consciência de que o verbo *may* tem o tempo passado — onde este mundo vai parar? As pessoas andam na rua comendo pizza e falando ao telefone — onde este mundo vai parar?"

É o primeiro dia dele em Nice, o terceiro dela: um dia de junho claro e quente, o tipo de dia que trazia pessoas ociosas e ricas da Inglaterra para aquele trecho de litoral. E veja só, ali estão duas delas passeando pelo Promenade des Anglais como os ingleses faziam cem anos atrás com seus guarda-sóis e chapéus de palha, deplorando os últimos esforços de Mr. Hardy, deplorando os bôeres.

"Deplorar", ela diz: "uma palavra que não se

ouve muito hoje em dia. Ninguém em sã consciência *deplora*, a menos que queira ser visto como uma figura engraçada. Uma palavra interditada, uma atividade interditada. Então o que se pode fazer? Devem-se manter todas reprimidas, nossas deplorações, até a pessoa estar sozinha com outros velhos e livre para deixar que saiam?"

"Você pode deplorar o quanto quiser, mãe", diz John, seu bom e dedicado filho. "Eu vou balançar a cabeça concordando e não vou rir de você. O que mais você quer deplorar hoje em dia além de pizza?"

"Eu não deploro a pizza, a pizza é ótima, muito boa em seu devido lugar, é andar na rua comendo e falando no telefone ao mesmo tempo que eu acho rude."

"Concordo, é rude, ou pelo menos não refinado. O que mais?"

"Já basta. O que eu deploro em si não interessa. O que interessa é que anos atrás eu jurei nunca fazer isso e estou fazendo. Por que eu sucumbi? Deploro isso em que o mundo está se transformando. Deploro o rumo da história. Deploro do fundo do coração. No entanto, quando eu me escuto, o que eu ouço? Ouço minha mãe deplorando a minissaia, deplorando a guitarra elétrica. E me lembro da minha exasperação. 'Claro, mãe', eu dizia, rilhava os dentes e rezava para ela ficar quieta. E então..."

"E então você acha que eu estou rilhando os dentes e rezando para você ficar quieta."

"É."

"Não estou. É perfeitamente aceitável deplorar o que está acontecendo no mundo. Eu próprio deploro, em particular."

"Mas o detalhe, John, o detalhe! Não é só o aspecto geral da história que eu deploro, é o detalhe — o mau comportamento, a gramática ruim, a altura da voz! São os detalhes que me exasperam e é o tipo do detalhe que me exaspera que me leva ao desespero. Tão sem importância! Mas é claro que você não reage como eu. Você acha que estou gozando de mim mesma quando eu não estou gozando de mim mesma. É tudo a sério! Você entende que pode ser tudo a sério?"

"Claro que entendo. Você se expressa com muita clareza."

"Mas não! Não! Eu me expresso com palavras e já estamos todos fartos de palavras. O único jeito de provar que alguém está falando sério é acabar consigo mesmo. Cair em cima da própria espada. Estourar os miolos. Mas assim que eu digo essas coisas você tem de esconder um sorriso. Porque não estou falando sério, não totalmente a sério — estou velha demais para ser séria. Mate-se aos vinte anos e é uma perda trágica. Mate-se aos quarenta e isso é um grave comentário aos tempos. Mas mate-se aos setenta e as pessoas vão dizer 'que pena, ela devia estar com câncer'."

"Mas você nunca deu bola para o que as pessoas dizem."

"Nunca dei bola porque sempre acreditei no futuro. A história me dará razão — isso é o que eu me dizia. Mas estou perdendo a fé na história, no que a história se transformou hoje em dia — perdendo a fé no poder de ela revelar a verdade."

"E no que a história se transformou hoje em dia, mãe? E já que estamos no assunto, deixe eu observar que você mais uma vez conseguiu me colocar na posição de coadjuvante, uma posição de que eu não gosto muito."

"Desculpe, desculpe. É porque eu vivo sozinha. O tempo todo eu tenho de ter essas conversas dentro da minha cabeça; é um alívio ter pessoas com quem posso trocar."

"Interlocutores. Não pessoas. Interlocutores."

"Interlocutores com quem eu posso trocar."

"Com quem desabafar."

"Interlocutores com quem desabafar. Desculpe. Eu paro. Como vai a Norma?"

"A Norma está boa. Mandou um abraço. As crianças estão bem. No que a história se transformou?"

"A história perdeu a voz. Clio, a musa que antigamente tocava a lira e cantava os feitos de grandes homens, ficou doente e frívola, como o tipo mais bobo de mulher velha. Pelo menos é o que eu penso em parte do tempo. O resto do tempo eu penso que ela foi presa por uma gangue de brigões daqueles que torturam e obrigam a dizer coisas que ela nunca quis dizer. Nem posso te contar todas as ideias sombrias que eu tenho sobre a história. Virou uma obsessão."

"Uma obsessão. Isso quer dizer que você está escrevendo a respeito?"

"Não, não estou escrevendo. Se eu conseguisse escrever sobre história estaria no rumo de dominar o assunto. Não, tudo o que consigo fazer é ficar furiosa e deplorar. Deploro a mim mesma também. Fiquei presa num lugar-comum e não acredito mais que a história consiga remover esse lugar-comum."

"Qual lugar-comum?"

"O lugar-comum de um disco riscado, que perdeu o sentido quando o gramofone e as agulhas de gramofone desapareceram. A palavra que ressoa para mim de todos os lados é *desolação*. A mensagem dela para o mundo é absolutamente desoladora. O que *desolação* quer dizer? Uma palavra que faz parte de uma paisagem de inverno, mas que de alguma forma ficou ligada a mim, como um pequeno vira-lata que me acompanha, latindo, e não vai embora. Não larga do meu pé. Vai me seguir até o túmulo. Vai ficar na beira do túmulo, olhando para dentro e latindo *desolação, desolação, desolação*."

"Se você não é a desolada, então quem você é, mãe?"

"Você sabe quem eu sou, John."

"Claro que sei. Mesmo assim, diga. Diga as palavras."

"Eu sou aquela que ria, mas não ri mais. Eu sou aquela que chora."

* * *

Sua filha Helen cuida de uma galeria de arte na velha cidade. Pelo que todos dizem, a galeria é bem-sucedida. Helen não é a dona. É contratada por dois suíços que duas vezes por ano descem de sua toca em Berna para conferir as contas e embolsar os lucros.

Helen, ou Hélène, é mais nova que John, mas parece mais velha. Mesmo quando estudante tinha um ar de meia-idade, com as saias lápis, os óculos de coruja e o coque. Um tipo para quem os franceses abrem espaço e até respeitam: a intelectual celibatária e severa. Enquanto na Inglaterra Helen seria imediatamente rotulada de bibliotecária e objeto de riso.

Na verdade, ela não tem nenhuma base para considerar Helen celibatária. Helen não fala nada de sua vida privada, mas através de John soube de um caso que ela mantém há anos com um empresário de Lyon que a leva para fora da cidade nos fins de semana. Quem sabe, talvez ela desabroche nos fins de semana que passa fora.

Não é correto especular sobre a vida sexual dos

filhos. Mesmo assim, ela não consegue acreditar que alguém que dedica a vida à arte, mesmo que só à venda de pinturas, possa não ter algum fogo secreto.

O que ela esperava era um assalto conjunto: Helen e John a fariam sentar e exporiam o plano que tinham elaborado para sua salvação. Mas não, a primeira noite deles juntos passa de forma perfeitamente agradável. Só tocam no assunto no dia seguinte, no carro de Helen, quando as duas rodam pelos Basses-Alpes *en route* para um restaurante que Helen escolheu, deixando John a trabalhar em seu texto para a conferência.

"O que você acha de morar aqui, mãe?", Helen pergunta, do nada.

"Aqui na montanha, você quer dizer?"

"Não, na França. Em Nice. No meu prédio tem um apartamento que vai vagar em outubro. Você podia comprar, ou nós podíamos comprar juntas. No térreo."

"Quer que a gente more juntas, você e eu? É muito repentino, meu bem. Tem certeza de que é isso que quer?"

"Não estaríamos morando juntas. Você seria totalmente independente. Mas numa emergência poderia contar com alguém."

"Obrigada, meu bem, mas em Melbourne temos gente muito boa, perfeitamente treinada para lidar com velhos e suas emergências."

"Por favor, mamãe, não vamos começar com jogos. Você tem setenta e dois anos. Tem problemas de coração. Não vai ser capaz de se cuidar sozinha sempre. Se você..."

"Não diga mais nada, meu bem. Tenho certeza de que acha os eufemismos tão desagradáveis quanto eu. Posso quebrar o quadril, posso ficar senil; poderia durar anos numa cama; é de coisas assim que estamos falando. Diante dessas possibilidades, para mim a questão é a seguinte: por que eu imporia a minha filha o fardo de cuidar de mim? E acredito que para você a questão seja: será que consegue conviver consigo mesma se não se propuser, ao menos uma vez, com toda a sinceridade, a cuidar de mim e me proteger? Estou colocando direito o nosso problema, nosso problema conjunto?"

"Está. Minha proposta é sincera. É factível também. Discuti o assunto com o John."

"Então não vamos estragar este lindo dia com

desentendimentos. Você fez sua proposta, eu escutei e prometo pensar a respeito. Vamos deixar assim. É muito pouco provável que eu aceite, como você já deve saber. Minhas ideias vão para uma direção bem diferente. Se tem uma coisa em que os velhos são melhores que os jovens é morrer. É condizente com os velhos (que palavra estranha!) morrer bem, para mostrar aos que vêm depois como pode ser uma boa morte. É por aí que estou pensando. Gostaria de me concentrar em ter uma boa morte."

"Você pode ter uma boa morte tanto em Nice como em Melbourne."

"Mas não é verdade, Helen. Pense bem e você vai ver que não é verdade. Me pergunte o que eu quero dizer com uma boa morte."

"O que você quer dizer com uma boa morte, mãe?"

"Uma boa morte é aquela que acontece longe, quando estranhos se encarregam dos restos mortais, gente no ramo da morte. Uma boa morte é aquela que se fica sabendo por telegrama: *lamentamos informar que* etc. Que pena que telegramas ficaram fora de moda."

Helen bufa, exasperada. Rodam em silêncio. Nice ficou para trás: pela estrada vazia elas entram num longo vale. Embora seja verão o ar está frio, como se o sol nunca tocasse aquelas profundezas. Ela estremece, fecha a janela. Como rodar por uma alegoria!

"Não é certo morrer sozinha", diz Helen afinal, "sem ninguém para segurar sua mão. É antissocial. É desumano. É desamoroso. Desculpe as palavras, mas é o que eu quero dizer. Estou me oferecendo para segurar sua mão. Para estar com você."

Dos dois filhos, Helen sempre foi a mais reservada, a que manteve a mãe mais à distância. Nunca antes Helen falou desse jeito. Talvez o carro facilite as coisas, permite que o motorista não olhe diretamente para a pessoa com quem está falando. Ela não pode esquecer disso a respeito de carros.

"É muita bondade sua, meu bem", diz ela. A voz que sai de sua garganta é inesperadamente grave. "Não vou esquecer. Mas não seria estranho voltar para a França para morrer, depois de todos esses anos? O que eu vou dizer para o sujeito na fronteira quando ele perguntar o propósito da minha visita, trabalho ou lazer? Ou, pior, se ele perguntar quanto tempo pretendo ficar? *Para sempre? Até o fim? Um breve período?"*

"Diga *réunir la famille*. Isso ele vai entender. Reunir a família. Acontece o tempo todo. Ele não vai perguntar mais nada."

Almoçam num *auberge* chamado Les Deux Ermites. Deve haver uma história por trás do nome, mas ela prefere que não lhe contem. Se é uma boa história, provavelmente será inventada mesmo. Sopra o vento, frio como uma lâmina; sentam-se atrás da proteção de vidro, olhando os picos nevados. É começo da temporada: além da mesa delas, só duas outras estão ocupadas.

"Bonito? É, claro que é bonito. Um país bonito, um lindo país, nem é preciso dizer. *La belle France.* Mas não se esqueça, Helen, da sorte que eu tive, da vocação privilegiada que segui. Pude me locomover como quis a vida inteira. Vivi, quando foi minha escolha, no colo da beleza. A pergunta que me faço agora é: que bem me fez toda essa beleza? A beleza não é apenas mais um bem de consumo, como o vinho? Toma-se, bebe-se, ela dá uma breve sensação agradável, embriagadora, mas o que deixa para trás? O resíduo do vinho é, desculpe a palavra, mijo; qual o resíduo da beleza? Qual é o bem que faz? A beleza nos torna pessoas melhores?"

"Então a pergunta é: viver com a beleza nos torna bons? Antes que dê sua resposta, mãe, quer que eu dê a minha? Porque acho que sei o que você vai dizer. Vai dizer que toda a beleza que conheceu não te fez nenhum bem visível, que um dia desses vai se ver na porta do céu com as mãos vazias e um grande ponto de interrogação em cima da cabeça. Seria totalmente adequado a você, a você, Elizabeth Costello, dizer isso. E acreditar nisso.

"A resposta que você *não* vai dar — porque não seria adequada a Elizabeth Costello — é que aquilo que você produziu como escritora não só tem uma beleza própria — uma beleza limitada, admito, não é poesia, mas beleza mesmo assim, forma, clareza, economia — como transformou a vida dos outros, os tornou seres humanos melhores, ou seres humanos ligeiramente melhores. Não sou só eu que digo isso. Outras pessoas dizem também, estranhos. Para mim, na minha cara. Não porque o que você escreve contenha lições, mas porque é uma lição."

"Como o patinador, você quer dizer."

"Não sei quem é o patinador."

"Patinador ou percevejo-d'água. Um inseto. O patinador acha que está apenas procurando comida, quando de fato seus movimentos traçam na superfície da lagoa, sempre e sempre, a palavra mais transcendentemente bela, o nome de Deus. Os movimentos da caneta na página traçam o nome de Deus, como você, olhando de fora, consegue ver, mas eu não."

"É, se quiser. Mais do que isso, porém. Você ensina as pessoas a sentir. Por força da beleza. A beleza da caneta que acompanha os movimentos do pensamento."

Parece-lhe muito antiquada essa teoria estética que sua filha expõe, muito aristotélica. Será que Helen a elaborou sozinha ou a leu em algum lugar? E como se aplica à arte da pintura? Se o ritmo da caneta é o ritmo do pensamento, qual é o ritmo do pincel? E que dizer das pinturas feitas com latas de spray? Como essas pinturas nos ensinariam a ser pessoas melhores?

Ela dá um suspiro. "Bondade sua dizer isso, Helen, bondade sua me consolar. Uma vida não desperdiçada afinal. Claro que não estou convencida. Como você diz, se eu me convencesse não seria eu mesma. Mas isso não é consolo. Não estou num momento feliz, como pode ver. Em meu momento atual, a vida que levei parece equivocada do começo ao fim, e nem mesmo de um jeito especialmente interessante. Se você quer realmente ser uma pessoa melhor, me parece, nesta altura, que tem de haver um caminho com menos desvios para chegar lá do que através de milhares de páginas de prosa obscura."

"Que caminho pode ser esse?"

"Helen, esta conversa não está interessante. Estados de espírito melancólicos não rendem ideias interessantes."

"Então devemos não conversar?"

"É, vamos não conversar. Em vez disso, vamos fazer uma coisa realmente antiquada. Ficar sentadas aqui e ouvir o cuco."

Porque há de fato um cuco cantando no matagal atrás do restaurante. Se abrirem uma frestinha da janela o som entra bem claramente no vento: um tema de duas notas, aguda-grave, repetido muitas vezes. *Fragrante*, ela pensa — *redolent*, uma palavra keatsiana —, fragrante de verão e de calma de verão. Uma ave perversa, mas que cantora, que sacerdote! *Cuco*, o nome de Deus em língua de cuco. Um mundo de símbolos.

Estão fazendo uma coisa que não fazem juntos desde que os filhos eram crianças. Sentados na sacada do apartamento de Helen, no suave calor da noite mediterrânea, estão jogando cartas. Jogam um bridge de três, jogam um jogo que chamavam de Setes, que na França se chama *rami*, segundo Helen/Hélène.

A ideia de uma noite jogando cartas é de Helen. Pareceu estranha a princípio, artificial; mas quando entram no clima ela fica contente. Como Helen é intuitiva: ela não suspeitava haver intuição em Helen.

O que a surpreende agora é a facilidade com que deslizam para suas personalidades de jogadores de trinta anos atrás, personalidades que ela achou que teriam descartado quando se libertaram uns dos outros: Helen negligente, avoada, John um pouquinho rígido, um pouquinho previsível, e ela própria surpreendentemente competitiva, levando em conta que eles são sua própria carne e sangue, levando em conta que até o humilde pelicano rasga o peito, quando preciso, para alimentar os filhotes. Se estivessem apostando, ela estaria arrancando o dinheiro dos filhos às braçadas. O que isso diz dela? O que diz de todos eles? Diz que o caráter é imutável, obstinado; ou diz simplesmente que família, famílias felizes, se mantêm juntas através de um repertório de jogos jogados por trás de máscaras?

"Parece que minha capacidade não diminuiu", ela observa depois de mais uma vitória. "Desculpem. Que vergonha." O que é uma mentira, claro. Ela não está envergonhada, nem um pouco. Está triunfante. "Curioso: a capacidade que se retém ao longo dos anos e a que começa a se dissipar."

A capacidade que ela retém, a capacidade que está exercendo nesse momento, é a de visualização. Sem o menor esforço mental, ela é capaz de ver as cartas nas mãos dos filhos, cada uma delas. Vê na mão deles; vê no coração deles.

"Qual capacidade você sente que está perdendo, mãe?", o filho pergunta, cautelosamente.

"Estou perdendo a capacidade do desejo", ela diz alegremente. Se é para valer, vamos até o fim.

"Eu não diria que o desejo é uma capacidade",

John responde, entrando no jogo. "É uma intensidade talvez. Uma voltagem. Mas capacidade, força motriz, não. Desejo pode fazer a pessoa querer escalar uma montanha, mas não te leva até o topo. Não no mundo real."

"O que leva até o topo?"

"Energia. Alento. O que você acumulou na preparação."

"Energia. Quer saber a minha energética, minha teoria da energia? É que, quando envelhecemos, cada parte do corpo se deteriora ou sofre entropia, até as próprias células. Células velhas, mesmo quando ainda saudáveis, são tocadas pelas cores do outono. Isso vale para as células do cérebro também: tocadas pelas cores do outono.

"Assim como a primavera é a estação que olha para a frente, o outono é a estação que olha para trás. Os desejos concebidos pelo cérebro outonal são desejos outonais, nostálgicos, assentados na memória. Não têm mais o calor do verão; mesmo quando são intensos, sua intensidade é complexa, multivalente, voltada mais para o passado que para o futuro.

"Pronto, essa é a essência, a minha contribuição para a ciência do cérebro. O que vocês acham?"

"Eu diria que é uma contribuição", diz o filho, diplomático, "menos para a ciência do que para a filosofia, para o ramo especulativo da filosofia. Por que não dizer simplesmente que você está num clima outonal e parar por aí?"

"Porque se fosse só um clima mudaria, como mudam os climas. O sol sairia, meu clima ficaria mais ensolarado. Mas existem estados da alma que vão mais fundo que climas. *Nostalgie de la boue*, por exemplo: não um clima, mas um estado de espírito. A pergunta que faço é: a *nostalgie* na *nostalgie de la boue* pertence à mente ou ao cérebro? Minha resposta é: ao cérebro. O cérebro cuja origem não está no reino eterno das formas, mas na terra, na lama, no limo primal ao qual, quando se esgota, deseja retornar. Um anseio material que emana das próprias células. Um impulso de morte mais profundo que o pensamento."

Parece bem, parece exatamente o que é, conversa, não parece nada maluco. Mas não é o que ela está pensando por baixo de toda a conversa. O que ela pensa é: *quem fala desse jeito com os filhos, fi-*

lhos que talvez não veja de novo? O que ela pensa também é *o tipo de ideia que ocorre a uma mulher no outono da vida. Tudo o que vejo, tudo o que digo, tem um toque de olhar para o passado. O que resta para mim? Eu sou aquela que chora.*

"É com isso que você está se ocupando agora — ciência do cérebro?", Helen pergunta. "É sobre isso que está escrevendo?"

Pergunta estranha; invasiva. Helen nunca conversa com ela sobre seu trabalho. Não é exatamente um assunto tabu entre elas, mas certamente fora dos limites.

"Não", diz ela. "Você vai ficar aliviada ao saber que eu ainda me limito à ficção. Ainda não desci ao ponto de apregoar minhas opiniões por aí. *As opiniões da ilustríssima Elizabeth Costello.*"

"Um novo romance?"

"Não um romance. Contos. Quer ouvir um deles?"

"Quero. Faz tempo que você não conta histórias para nós."

"Muito bem, para os meus filhos, uma história da hora de dormir. Era uma vez, mas em nossos tempos, não no tempo antigo, um homem que viajou para uma cidade estranha, chamemos de cidade X, para uma entrevista de emprego. De seu quarto de hotel, como está inquieto, em clima de aventura, sentindo sabe-se lá o que, ele telefona para uma garota de programa. A moça chega e passa tempo com ele. Ele se sente livre com ela, mais livre do que com a esposa; faz certos pedidos a ela.

"A entrevista no dia seguinte foi bem. Lhe oferecem o emprego, ele aceita, e no devido momento, na história, mudou para a cidade X com a esposa e tudo. Em meio às pessoas de seu novo escritório, trabalhando como secretária, escriturária ou telefonista, ele reconhece de imediato a mesma garota, a garota que foi ao seu quarto. Ele a reconhece e ela o reconhece."

"E?"

"E não posso contar mais."

"Mas você nos prometeu uma história. O que você contou não é uma história, é só a premissa de uma história. Se não continuar, não vai cumprir com a palavra."

"Ela não precisa ser secretária. O homem aceita um emprego na cidade X e a certo momento é convocado, com a esposa, à casa de um colega, a filha do colega abre a porta para eles e, olhe só, é a moça que foi a seu quarto de hotel."

"Continue. O que acontece depois?"

"Depende. Talvez não aconteça mais nada. Talvez seja o tipo de conto que para num ponto e não sabe por onde continuar."

"Bobagem. Depende do quê?"

John fala então. "Depende do que aconteceu entre eles no hotel. Depende dos pedidos que você diz que ele fez a ela. No conto, mãe, você revela os pedidos que ele fez?"

"Revelo, sim."

Ficam em silêncio, todos. O que o homem fará na cidade X em seguida, ou a garota com seu bico na prostituição, desaparece na insignificância. A história real está na sacada, onde dois filhos de meia-idade encaram uma mãe cuja capacidade de perturbá-los e desanimá-los ainda não se exauriu. *Eu sou aquela que chora.*

"Vai nos contar quais foram os pedidos?", Helen pergunta, severa, já que não há mais nada a perguntar.

É tarde, mas não muito tarde. Não são crianças, nenhum deles. Para o bem ou para o mal agora estão todos juntos na mesma canoa furada chamada vida, perdidos sem ilusões de salvação num mar de indiferente escuridão (que metáforas ela faz essa noite!). Conseguirão aprender a viver juntos em seu barco sem devorar uns aos outros?

"Pedidos que um homem pode fazer a uma mulher que eu acharia chocantes. Mas que talvez vocês não achem chocantes, sendo de outra geração. Talvez o mundo tenha seguido em frente a esse respeito e me deixado para trás, à margem, deplorando. Talvez esse se revele o eixo da história: que quando o homem, o homem mais velho, enrubesce quando se vê cara a cara com a moça, para a moça o que aconteceu no hotel é apenas parte de seu trabalho, parte da vida, parte de como as coisas são."

Os filhos que não são mais crianças trocam olhares. É só isso?, eles parecem estar dizendo. *Não é uma grande história.*

"A moça do conto é muito bonita", ela diz. "Uma verdadeira flor. Isso eu posso revelar. O homem em questão, o sr. Jones, nunca se envolveu em nada parecido antes, a humilhação da beleza, a depressão dela. Não era o plano dele quando fez o telefonema. Quando fez o telefonema não podia adivinhar que tinha aquilo dentro dele. Só ficou sendo seu plano na hora que a garota apareceu e ele viu que ela era, como eu disse, uma flor. Parecia uma afronta que durante toda sua vida ele não tivesse aquilo, a beleza de verdade, e provavelmente não teria de novo dali em diante. *Um universo sem justiça!*, ele teria gritado por dentro, e seguido em frente a partir daí do seu jeito amargo. Não um homem bom, no geral, esse sr. Jones."

"Eu pensei, mãe", diz Helen, "que você tinha dúvidas quanto à beleza, quanto à sua importância. Uma atração secundária, você dizia."

"Dizia?"

"Mais ou menos."

John estende a mão e pousa no braço da irmã. "O homem da história, o sr. Jones", diz ele, "ainda acredita na beleza. Está enfeitiçado por ela. Por isso tem ódio dela e luta contra."

"É isso que você quer dizer, mãe?", Helen pergunta.

"Não sei o que eu quero dizer. O conto ainda não está escrito. Geralmente eu resisto à tentação de falar sobre os contos antes de eles estarem completamente fora da garrafa. Agora sei por quê." Embora a noite esteja quente, ela estremece ligeiramente. "É interferência demais."

"A garrafa", Helen diz.

"Deixe para lá".

"Isto não é interferência", diz Helen. "De outras pessoas pode ser interferência. Mas nós estamos com você. Você com certeza sabe disso."

Com você? Que bobagem. Filhos estão contra os pais, não com eles. Mas essa noite é especial, numa semana especial. Muito provavelmente não vão se reunir outra vez, todos os três, não nesta vida. Talvez, desta vez, devam se colocar acima de si mesmos. Talvez as palavras da filha venham do coração, do coração de verdade, não do falso. *Estamos com você.* E seu impulso de abraçar essas palavras — talvez venha do coração de verdade também.

"Então me diga o que dizer em seguida", ela fala.

"Ele abraça a garota", diz Helen. "Que ele na frente da família pegue a garota nos braços e abrace. Por mais estranho que pareça. 'Desculpe o que eu fiz você passar', ele diz para ela. Faça ele se ajoelhar aos pés dela. 'Me deixe de novo adorar em você a beleza do mundo.' Ou palavras assim."

"Muito Crepúsculo Celta", ela murmura. "Muito dostoievskiano. Não sei se tenho isso no meu repertório."

É o último dia de John em Nice. Na manhã seguinte, cedo, ele parte para Dubrovnik, para sua conferência, onde estarão discutindo, ao que parece, o tempo antes do começo do tempo, o tempo depois do fim do tempo.

"Houve tempo em que eu era só um menino que gostava de olhar pelo telescópio", ele diz a ela. "Agora tenho de me remodelar como filósofo. Até como teólogo. Uma mudança de vida e tanto."

"E o que você espera ver", ela pergunta, "quando olha por seu telescópio o tempo antes do tempo?"

"Não sei", ele diz. "Talvez Deus, que não tem dimensão. Escondido."

"Bom, eu gostaria de ver Deus também. Mas parece que não consigo. Dê um alô a ele por mim. Diga que qualquer dia desses apareço por lá."

"Mãe!"

"Desculpe. Como tenho certeza que você sabe, Helen propôs que eu comprasse um apartamento aqui. Uma ideia interessante, mas que acho que não vou aceitar. Ela diz que você tem uma proposta sua. Muito inebriantes, todas essas propostas. Como ser cortejada de novo. O que é que você vai propor?"

"Que você venha ficar conosco em Baltimore. A casa é grande, tem muito espaço, estamos aprontando outro banheiro. As crianças vão adorar. Vai ser bom para elas conviver com a avó."

"Podem adorar enquanto têm nove e seis anos. Não vão gostar tanto quando tiverem quinze e doze, trouxerem os amigos e a vovó estiver arrastando os chinelos na cozinha, resmungando para si mesma, batendo as dentaduras e talvez não cheirando muito bem. Obrigada, John, mas não."

"Não tem de tomar a decisão agora. A oferta está de pé. Vai estar sempre."

"John, não estou em posição de fazer sermão, vindo de uma Austrália que se faz de escrava para fazer o que o seu mestre americano mandar. Mesmo assim, tenha em mente que está me convidando para deixar o país em que nasci e ir morar no ventre do Grande Satã, e que posso ter reservas quanto a isso."

Ele se detém, esse filho dela, e ela para a seu lado na calçada. Ele parece estar ponderando suas palavras, aplicando a elas o pudim e geleia de dentro de seu crânio que passou a ele como presente de nascimento quarenta anos atrás, cujas células não estão cansadas, não ainda, ainda vigorosas para lidar com ideias grandes e pequenas, tempo antes do tempo, tempo depois do tempo, e o que fazer com uma mãe idosa.

"Venha de qualquer forma", ele diz, "apesar das suas reservas. Concordo que não é o melhor momento, mas venha mesmo assim. No espírito de paradoxo. E se aceitar a mais mínima, mais delicada palavra de advertência, tome cuidado com pronunciamentos grandiosos. Os Estados Unidos não são o Grande Satã. Aqueles homens na Casa Branca não passam de um episódio na história. No devido tempo sairão de cena e será tudo como antes."

"Então posso deplorar, mas não devo denunciar?"

"Presunção, mãe, é a isso que estou me referindo, o tom e o espírito da presunção. Sei que deve ser tentador, depois de uma vida inteira pesando cada palavra antes de escrever, simplesmente se abandonar e ser levada pela torrente; mas isso deixa um gosto ruim na boca. Você deve ter consciência disso."

"O espírito da presunção. Então é assim que soa. Vou manter isso em mente. Quanto ao paradoxo, a primeira lição do paradoxo, em minha experiência, é não contar com o paradoxo. Se você conta com o paradoxo, o paradoxo vai te decepcionar."

Ela pega o braço dele; em silêncio, retomam a caminhada. Mas não está tudo bem entre eles. Ela pode sentir sua rigidez, sua irritação. Uma criança enfezada, ela se lembra. Vem tudo numa onda, as horas que eram necessárias para convencê-lo a sair de um dos seus maus humores. Um menino melancólico, filho de pais melancólicos. Como ela poderia sonhar refugiar-se com ele e aquela sua esposa de lábios cerrados, reprovadora?

Pelo menos, pensa ela, não me tratam como idiota. Pelo menos meus filhos me fazem essa honraria.

"Chega de briga", ela diz (está tentando convencê-lo agora? apelando a ele?). "Não vamos ficar arrasados falando de política. Estamos aqui nas praias do Mediterrâneo, no berço da Europa, numa perfumada noite de verão. Deixe eu dizer com toda a simplicidade: se você, a Norma e as crianças não aguentarem mais os Estados Unidos, não aguentarem a vergonha daquilo, a casa de Melbourne é de vocês, como sempre foi. Podem vir visitar, podem vir como refugiados, podem vir para *réunir la famille*, como diz a Helen. E agora, o que me diz de pegarmos a Helen e irmos até aquele restaurantinho dela na avenida Gambetta para um gostoso jantar juntos?"

2003-2007

A velha e os gatos

Ele acha difícil aceitar que, para ter essa conversa comum, mesmo que necessária, com sua mãe tenha de vir até onde ela mora nessa aldeia atrasada do platô castelhano, onde se passa frio o tempo todo, onde o jantar que servem é um prato de feijão com espinafre, e onde, além disso, é preciso ser polido sobre os gatos semisselvagens dela que se espalham para todo lado cada vez que alguém entra na sala. Por que, na noite de sua vida, ela não pode se instalar em algum lugar mais civilizado? Foi complicado chegar ali, e será complicado voltar; mesmo estar ali com ela é mais complicado do que precisaria ser. Por que tudo o que sua mãe toca fica complicado?

Os gatos estão por toda parte, tantos que parecem se dividir e multiplicar diante dos seus olhos, como amebas. Há também o homem inexplicável na cozinha lá embaixo, sentado em silêncio, curvado sobre sua tigela de feijão. O que esse estranho faz na casa de sua mãe?

Ele não gosta de feijão, vai lhe dar gases. Seguir uma dieta de camponês espanhol do século XIX só por estar na Espanha lhe parece uma afetação.

Os gatos, que ainda não foram alimentados e certamente não aceitarão feijão, ficam todos em volta dos pés de sua mãe, tremendo e se alisando para chamar a atenção dela. Se fosse a casa dele, tocaria todos para fora. Mas claro que não é a casa dele, ele é apenas um hóspede, tem de se comportar polidamente, mesmo com os gatos.

"É um malandrinho descarado", ele observa e aponta, "aquele ali com a marca branca na cara."

"Estritamente", diz a mãe, "gatos não têm cara."

Gatos não têm cara. Ele falou bobagem outra vez?

"Estou falando daquele com uma mancha branca em volta do olho", ele se corrige.

"Aves não têm cara", diz a mãe. "Peixes não têm

cara. Por que gatos teriam? As únicas criaturas com caras de verdade são os seres humanos. Nossas caras provam que somos humanos."

Claro. Agora ele entende. Cometeu um deslize léxico. Humanos têm pés enquanto animais têm patas; humanos têm nariz enquanto animais têm focinho. Mas se só humanos têm caras, então com quê, através de quê, os animais encaram o mundo? *Feições anteriores*? Um termo desses satisfaria a paixão de sua mãe pela precisão?

"Gato tem fisionomia, não cara", diz a mãe. "Uma fisionomia corpórea. Mesmo nós, você e eu, não nascemos com cara. A cara tem de ser produzida em nós, como se produz fogo com carvão. Eu produzi a sua cara, das suas profundezas. Me lembro como eu me curvava em cima de você e soprava, dias após dia, até que afinal você, o ser que eu chamava de *você, meu filho*, começou a vir à tona. Era como invocar uma alma."

Ela se cala.

O gatinho com a marca branca se envolveu numa disputa por um fio de lã com outro mais velho.

"Com cara ou sem cara", diz ele, "gosto da vivacidade daquele ali. Filhotes prometem tanto. Pena que raramente cumpram o prometido."

A mãe franze a testa. "O que você quer dizer com *cumprir*, John?"

"Que eles parecem prometer que vão virar indivíduos, gatos individuais, cada um com uma personalidade individual e uma visão de mundo individual. Mas, no fim das contas, filhotes apenas se transformam em gatos, intercambiáveis, genéricos, representantes de sua espécie. Séculos de associação conosco parecem não ter ajudado nada. Eles não são individuados. Não desenvolvem personalidades próprias. No máximo, apresentam tipos característicos: o preguiçoso, o petulante, e por aí vai."

"Animais não têm personalidade exatamente do mesmo jeito que não têm cara", diz a mãe. "Você se decepciona porque espera demais."

Embora sua mãe contradiga tudo o que ele fala, ele não sente que ela seja hostil. Ela continua a ser sua mãe, isto é, a mulher que o gerou e depois afetuosa, embora distraidamente, cuidou dele e o protegeu, até ele encontrar seu próprio rumo no mundo, e depois se esqueceu dele, mais ou menos.

"Mas se gatos não são indivíduos, mãe, se não são capazes de ser indivíduos, se são simplesmente uma encarnação do Gato Platônico, por que ter tantos? Por que não ter só um?"

Sua mãe ignora a pergunta. "O gato tem uma alma, mas não uma personalidade", ela diz. "Se é que você percebe a distinção."

"Melhor você explicar", diz ele. "Em termos simples, em favor deste forasteiro lerdo de cabeça."

A mãe volta para ele um sorriso que é positivamente doce. "Animais não têm cara propriamente, porque não têm a musculatura fina em torno dos olhos e da boca com que os seres humanos são abençoados para que nossa alma possa se manifestar. Por isso a alma deles fica invisível."

"Almas invisíveis", ele reflete. "Invisíveis para quem, mãe? Invisíveis para nós? Invisíveis para eles? Invisíveis para Deus?"

"Para Deus não sei", diz ela. "Se Deus tudo vê, então todas as coisas devem ser visíveis para ele. Mas invisíveis para você e para mim com certeza. Invisíveis, se formos estritos, para outros gatos também: inacessíveis à visão. Gatos usam outros meios para apreender um ao outro."

Foi para ouvir isso que ele viajou todos esses quilômetros: tolice mística sobre a alma dos gatos? E aquele homem na cozinha? Quando sua mãe vai explicar quem é ele? (Esta pequena casa não foi feita para privacidade, ele pode ouvir o homem na cozinha, bufando baixinho enquanto come, como um porco.)

"Apreenderem uns aos outros", ele diz, "o que isso quer dizer de fato — cheirar as partes íntimas um do outro ou algo mais elevado? E" — de repente ele fica ousado — "quem é aquele homem lá embaixo? Ele trabalha para você?"

"O homem na cozinha se chama Pablo", diz a mãe. "Eu cuido dele. Protejo. O Pablo nasceu nesta aldeia e viveu aqui a vida inteira. É tímido, não reage bem a estranhos, por isso não apresentei você. O Pablo passou por um período conturbado há algum tempo porque ele costumava, como dizem, se exibir. Se exibia sempre e sem provocação. Não para mim — depois que a gente chega a uma certa idade os homens não se exibem mais para você —, mas para mulheres, e crianças também.

"A Assistência Social queria levar o Pablo e trancar no que eles chamam de lugar seguro. A família dele, quer dizer, a mãe e a irmã solteira, não se opuseram, ele já tinha causado muitos problemas para elas. Foi quando eu entrei em cena. Prometi ao pessoal da Assistência Social que ia cuidar dele se deixassem ele ficar. Prometi ficar de olho nele, garantir que não vai se portar mal. E foi o que eu fiz e continuo fazendo. É esse que está na cozinha."

"Então é por isso que você não viaja. Porque tem de ficar aqui e vigiar o exibicionista da aldeia."

"Eu cuido do Pablo e cuido dos gatos. Os gatos também têm uma relação difícil com a aldeia. Há gerações estes aqui eram gatos domésticos comuns. Então as pessoas das aldeias começaram a se mudar para as cidades, venderam o gado, abandonaram os gatos de casa para que se virassem sozinhos. Claro que os gatos voltaram a ser selvagens. Voltaram à natureza. Que outra escolha eles tinham? Mas as pessoas que ficaram nas aldeias não gostam de gatos selvagens. Matam a tiros sempre que podem, ou pegam com armadilhas e afogam."

"Abandonados por seus domesticadores, eles retomaram suas almas selvagens", ele propõe.

A observação era para ser brincadeira, mas a mãe não vê a graça. "A alma não tem qualidades, selvagem, domesticada, nem nada", diz ela. "Se a alma tivesse qualidades não seria alma."

"Mas você disse que era uma alma invisível", ele protesta. "Invisibilidade não é qualidade?"

"Não existe nada que seja objeto invisível à percepção", ela replica. "Invisibilidade não é uma qualidade do objeto. É uma qualidade, uma capacidade ou incapacidade, do observador. Dizemos que a alma é invisível porque não conseguimos ver a alma. Isso revela alguma coisa sobre nós. Não revela nada da alma."

Ele balança a cabeça. "Aonde te leva, mãe", diz ele, "ficar aqui nesta aldeia perdida nas montanhas de um país estrangeiro, desfiando minúcias escolásticas sobre sujeitos e objetos, enquanto gatos selvagens, cheios de pulgas e Deus sabe que outras pestes, se encolhem debaixo dos móveis? Esta é mesmo a vida que você quer?"

"Estou me preparando para o próximo lance", ela responde. "O último lance." Ela olha nos olhos dele, está calma; parece totalmente séria. "Estou me acostumando a viver na companhia de seres cujo modo de existir é diferente do meu, mais diferente do que meu intelecto humano jamais será capaz de perceber. Isso faz sentido para você?"

Se faz sentido para ele? Faz. Não. Ele veio até aqui para falar de morte, da perspectiva da morte, da morte de sua mãe e como planejar para ela, mas não sobre a pós-vida dela.

"Não", diz ele, "não faz sentido para mim, não mesmo." Ele molha o dedo na sopa de feijão e estende a mão. O gatinho com a mancha branca para de brincar, fareja seu dedo cautelosamente, e o lambe. Por trás do olho, por trás da fenda negra da pupila, atrás e além, o que ele vê? Ocorre um lampejo momentâneo, luz emitida da alma invisível oculta ali? Ele não tem certeza. Se ocorre de fato um lampejo, o mais provável é que tenha sido um reflexo dele mesmo na pupila.

O gato desce do sofá com um salto ligeiro e se afasta com o rabo erguido.

"Então?", diz a mãe. Ela sorri de leve, talvez zombando até.

Ele balança a cabeça, limpa o dedo no guardanapo. "Não", diz. "Não vejo."

Ele dorme no quartinho que dá para a rua. O quarto é tão frio que ele mal tem coragem para se despir. Adormece enrolado como uma bola debaixo das cobertas frias. No meio da noite, acorda congelado. Estende a mão para tocar o pequeno aquecedor que deixou ligado junto à cama. Está frio. Ele aperta o botão do abajur de cabeceira, mas não há luz.

Ele sai da cama, luta no escuro com o fecho da mala, põe meias, veste calça, uma parca. Enrola um cachecol na cabeça. Depois, batendo os dentes, volta para a cama e dorme intermitentemente até o amanhecer.

A mãe o encontra na sala, encolhido sobre as cinzas do fogo da noite anterior.

"Cortaram a eletricidade", ele diz, acusador.

Ela balança a cabeça. "Você ligou o aquecedor no seu quarto durante a noite?", pergunta.

"Deixei o aquecedor ligado porque estava com frio", ele diz. "Não estou acostumado a esse estilo de vida primitivo, eu venho da civilização e na civilização rejeitamos a ideia de que a vida tem de ser um vale de lágrimas."

"Se a vida é ou não um vale de lágrimas", diz a mãe, "o fato é que nesta casa, se você liga o aquecedor entre uma e quatro da manhã, horas em que a água do banho está esquentando, corta a eletricidade." Ela faz uma pausa, olha para ele com franqueza. "Não seja infantil, John", ela diz. "Não me decepcione. Não temos mais muitos dias juntos, você e eu. Deixe eu ver o melhor de você, não o pior."

Se sua esposa lhe dissesse uma coisa assim, haveria uma briga — uma briga, um clima pesado que poderia durar dias. Mas parece que da mãe ele está preparado para aceitar certa dose de repreensão. Sua mãe pode criticá-lo e ele baixa a cabeça, dentro de certos limites, mesmo que a crítica seja injusta (como ele podia saber sobre o aquecedor de água?). Por que, na presença da mãe, ele se torna de novo o menino de nove anos, como se as décadas que se passaram não fossem mais que um sonho? Sentado diante da lareira apagada, ele vira o rosto para ela. *Leia-me*, ele diz a ela, embora não pronuncie nem uma palavra. *É você quem diz que a alma se expressa na cara, portanto leia minha alma e me diga o que eu preciso saber!*

"Coitadinho", diz a mãe. E estende a mão, despenteia seu cabelo. "Vamos ter de deixar você mais calejado. Se todo mundo fosse como você, nunca teríamos atravessado a era do gelo."

"Quantos gatos você alimenta?", ele pergunta.

"Depende da época do ano", ela responde. "No momento, alimento doze que vêm todo dia, mais uns visitantes ocasionais. No verão o número cai."

"Mas sem dúvida, quando você alimenta os gatos, eles se multiplicam."

"Se multiplicam", ela concorda. "Essa é a natureza de organismos saudáveis."

"Se multiplicam geometricamente", ele diz.

"Se multiplicam geometricamente. Por outro lado, a natureza cobra seu preço."

"Mesmo assim, entendo por que seus vizinhos da aldeia ficam perturbados. Uma estranha muda para a aldeia deles, começa a alimentar gatos selvagens, e não demora muito há uma praga de gatos. Será que você não está perturbando um certo equilíbrio? E que dizer dos cavalos que têm de acabar como comida de gato para você alimentar esses seus gatos? Já pensou nesses cavalos?"

"O que você quer que eu faça, John?", diz a mãe. "Quer que eu deixe os gatos morrerem de fome? Quer que eu alimente só uns escolhidos? Quer que eu alimente os gatos com tofu em vez de carne animal? É isso que está dizendo?"

"Você podia começar castrando os gatos", ele

responde. "Se você capturasse e castrasse todos eles, por sua conta, seus vizinhos na aldeia iam te agradecer em vez de te amaldiçoar pelas costas. A última geração de gatos, a castrada, poderia viver a vida contente e seria o fim da história."

"Situação em que todos saem ganhando, realmente." A mãe soa dura.

"É, se quer colocar desse jeito."

"Uma situação vantajosa para todos na qual eu surjo como o exemplo rutilante de como o problema dos gatos selvagens pode ser abordado com racionalidade, responsabilidade, e, no entanto, com humanidade."

Ele fica calado.

"Não quero ser um exemplo, John." Na voz da mãe ele escuta o começo do tom duro, insistente, que ele considera privadamente como obsessivo. "Que os outros sejam exemplos. Eu vou para onde minha alma me leva. Sempre fui. Se não entende isso a meu respeito, você não entende nada."

"Quando alguém emprega a palavra *alma*, eu geralmente paro de entender", ele diz. "Peço desculpas. Consequência de minha educação muito racional."

Ele não compartilha a obsessão de sua mãe por animais. Diante de uma escolha entre os interesses de seres humanos e os interesses de animais, ele escolherá sem hesitar os seres humanos, sua própria espécie. Benigna, mas distante, é como ele descreveria sua atitude a respeito de animais. Distante porque, uma vez tudo dito e feito, há uma vasta distância fixada entre o humano e o resto.

Se só dependesse dele resolver o problema dessa aldeia e sua praga de gatos, se sua mãe não estivesse envolvida de jeito nenhum — se sua mãe tivesse morrido, por exemplo —, ele diria *matem todos*, ele diria *exterminem as feras*. Gatos selvagens, cachorros selvagens: o mundo não precisa de mais. Mas como sua mãe está envolvida, ele não diz nada.

"Quer que eu conte a história completa dos gatos — de mim e dos gatos?", ela pergunta.

"Conte."

"Quando cheguei em San Juan, uma das primeiras coisas que eu notei foi que os gatos locais fugiam se sentissem o menor cheiro de presença humana no ar. E com toda razão: os seres humanos se revelaram seus inimigos impiedosos. Achei uma pena. Não queria ser inimiga de ninguém. Mas o que eu podia fazer? Então não fiz nada.

"Aí, um dia, quando eu estava caminhando, vi um gato num bueiro. Era uma fêmea e estava dando à luz. Como não podia fugir, ela me fuzilou com os olhos e rosnou. Uma pobre criatura meio morta de fome, parindo seus filhotes num lugar úmido, imundo, mas pronta para dar a vida por eles. *Eu também sou mãe*, eu queria dizer para ela. Mas claro que ela não ia entender. Não ia querer entender.

"Foi quando eu tomei a decisão. Me veio num átimo. Não exigiu nenhum cálculo, nem pesar os prós e os contras. Decidi que na questão de gatos eu ia virar as costas à minha própria tribo — a tribo dos caçadores — e ficar do lado da tribo dos caçados. A qualquer custo."

Ela tem mais a dizer, mas ele a interrompe, não pode deixar passar a oportunidade. "Um bom dia para os gatos da aldeia, mas um mau dia para suas vítimas", ele observa. "Gatos também são caçadores. Eles espreitam a presa — aves, ratos, coelhos — e além disso comem as presas vivas. Como você resolve esse problema moral?"

Ela ignora a pergunta. "Não estou interessada em problemas, John", diz ela, "nem em problemas, nem em soluções para problemas. Abomino a mentalidade que vê a vida como uma sucessão de problemas apresentados ao intelecto para serem resolvidos. Um gato não é um problema. A gata naquele bueiro fez um apelo a mim e eu respondi. Respondi sem questionar, sem me referir a cálculo moral."

"Você encontrou a gata mãe cara a cara e não conseguiu recusar o apelo dela."

Ela olha para ele, intrigada. "Por que diz isso?"

"Porque ontem você me disse que gato não tem cara. E me lembro como, quando eu ainda era criança, você me falava sobre a consideração pelo outro, sobre o apelo que não ousamos recusar quando encontramos o outro cara a cara, a menos que neguemos nossa própria humanidade. Um apelo que é anterior e mais primitivo que o ético — era assim que você chamava.

"O problema, você dizia, era que as mesmas pessoas que falavam sobre como somos interpelados pelo outro não queriam falar sobre serem interpeladas por animais. Não aceitavam que nos olhos de um animal que sofre se possa encontrar um apelo que da mesma forma só pode ser negado a um grande custo.

"Mas — eu agora me pergunto — o que exatamente, segundo você, nós negamos quando recusamos o apelo de um animal que sofre? Negamos nossa animalidade comum? Que status ético tem essa curiosa abstração, a *animalidade*? E qual exatamente é o apelo que nos vem dos olhos do animal, olhos que, segundo você, não têm a musculatura fina necessária para expressar a alma? Se o olho animal é simplesmente um instrumento óptico inexpressivo, então o que você acha que vemos no olho do animal pode de fato ser nada mais que o que queremos ver. Animais não têm olhos de verdade, animais não têm lábios de verdade, animais não têm caras de verdade — me disponho a concordar com tudo isso. Mas se não têm caras, como é que nós, nós seres com caras, nos reconhecemos neles?"

"Eu nunca disse que a gata no bueiro tinha cara, John. Disse que ela viu em mim um inimigo e rosnou para mim. Um inimigo ancestral. Um inimigo de espécie. O que aconteceu comigo naquele momento não teve nada a ver com uma troca de olhares: teve a ver com maternidade. Não quero viver num mundo em que um homem de botas tira vantagem do fato de você estar em trabalho de parto, vulnerável, indefesa, incapaz de fugir, para te chutar até a morte. Também não quero um mundo em que meus filhos ou os filhos de qualquer outra mãe sejam arrancados dela e afogados porque alguém decidiu que são excessivos.

"Nunca poderá haver filhos demais, John. De fato, deixe eu confessar uma coisa, eu queria ter tido mais filhos. Não é nada pessoal, mas cometi um erro lamentável quando me limitei a apenas vocês dois, você e Helen — dois filhos, um número bom, claro, racional, que deve provar ao mundo que os pais não são egoístas, não estão cobrando mais que sua cota devida do futuro. Agora é tarde demais, eu queria ter tido uma porção de filhos. Adoraria ver crianças correndo pela rua outra vez (notou como é morta uma aldeia como esta, sem crianças?) — crianças, gatinhos, cachorrinhos e outras criaturas pequenas, hordas delas, hordas e hordas.

"No limiar do ser — é assim que imagino — existem todas essas pequenas almas, almas de gato, almas de rato, almas de ave, almas de crianças não nascidas, aglomeradas, pedindo para entrar, pedindo para encarnar. E eu quero deixar que entrem, todas elas, mesmo que só por um ou dois dias, mesmo que só para darem uma olhada neste nosso mundo lindo. Porque quem sou eu para negar a elas a chance de encarnação?"

"É um lindo quadro", ele diz.

"É, sim, um *lindo* quadro. Continue. O que mais você quer dizer?"

"É um lindo quadro, mas quem vai alimentar todos eles?"

"Deus alimenta todos eles."

"Deus não existe, mãe. Você sabe disso."

"Não, Deus não existe. Mas ao menos, no mundo pelo qual espero e rezo, cada alma terá a sua chance. Não haverá mais seres não nascidos esperando do lado de fora do portão, chorando para entrar. Cada alma terá sua vez para provar a vida, que é incomparavelmente a doçura mais doce que existe. E então finalmente nós poderemos erguer a cabeça, nós, senhores da vida e da morte, nós, senhores do universo. Não teremos mais de ficar barrando o portão, dizendo *desculpe, você não pode entrar, você não é desejado, você é demais. Bem-vindo*, nós poderemos dizer, em vez disso, *entre, você é desejado, vocês são todos queridos*."

Ele não está acostumado com esse tom rapsódico da mãe. Então espera, dá-lhe a chance de voltar à terra, de se qualificar. Mas não, aquele tom não a abandona: o sorriso em seus lábios, o brilho de animação, o olhar ao longe que parece não incluí-lo.

"De minha parte", ele diz afinal, "admito, seria bom ter tido mais que só uma única irmã. A pergunta que me intriga, porém, é a seguinte: se você tivesse de criar uma dúzia de filhos em vez de dois, onde Helen e eu estaríamos hoje? Como você teria tido condições de pagar a educação cara que nos preparou para os empregos bem remunerados e a vida confortável com que somos abençoados? Será que eu, quando pequeno, não teria sido enviado para catar carvões no pátio da estação ou arrancar batatas no campo? Será que Helen teria de ir esfregar o chão? E quanto a você? Com tantas crianças exigindo sua atenção, onde você teria encontrado tempo para ter pensamentos elevados, escrever livros e ficar famosa? Não, mãe: diante da possibilidade de nascer numa família pequena e próspera e nascer numa família grande assolada pela fome, eu sempre escolheria a família pequena."

"Que jeito peculiar de ver o mundo você tem", pondera a mãe. "Lembra do Pablo, que você conheceu ontem à noite? O Pablo tem uma porção de irmãos e irmãs, mas foram todos para a cidade grande e ele ficou para trás. Quando o Pablo se viu na hora do aperto, não foram os irmãos e irmãs que vieram em seu socorro, mas uma mulher estrangeira, uma velha com os gatos. Irmãos e irmãs não se amam necessariamente, meu menino — não sou tão ingênua para acreditar nisso.

"Você diz que se tivesse de escolher entre ser professor numa universidade ou camponês numa fazenda escolheria ser professor. Mas a vida não consiste de escolhas. É aí que você sempre erra. O Pablo não começou como alguma alma desencarnada diante da escolha de ser rei da Espanha ou ser o idiota da aldeia. Ele veio à terra e quando abriu seus olhos humanos e olhou em torno, veja só, estava em San Juan Obispo, e era o último dos últimos. A vida como um conjunto de problemas a resolver; a vida como um conjunto de escolhas a fazer: que jeito bizarro de ver as coisas!"

É inútil tentar discutir com sua mãe quando ela está nesse clima, mas ele tem mais um golpe. "Mesmo assim", diz, "mesmo assim você escolheu intervir na vida da aldeia. Escolheu proteger o Pablo do sistema de assistência social. Escolheu fazer o papel de salvadora dos gatos da aldeia. Podia ter escolhido algo bem diferente. Podia ter ficado sentada em seu escritório olhando pela janela, escrevendo esquetes engraçados sobre a vida na Espanha rural e mandando para revistas."

Impaciente, a mãe o interrompe. "Eu sei o que é uma escolha, você não precisa me dizer. Eu sei qual a sensação de escolher agir. Sei ainda melhor como é escolher não agir. Eu podia ter escolhido escrever esses esquetes bobos de que você fala. Podia ter escolhido não me envolver com os gatos da aldeia. Sei exatamente como é o processo de deliberação e decisão, exatamente como pesa pouco. O outro jeito de que eu falo não é uma questão de escolha. É assentir. É entregar. É um Sim sem um Não. Ou você entende o que eu digo ou não entende. Não vou me explicar mais." Ela se levanta. "Boa noite."

Em sua segunda noite em San Juan, ele vai para a cama usando um gorro de lã, um suéter, calça e meias e dorme melhor por isso. Quando entra na cozinha em busca do desjejum está se sentindo quase cordial; sem dúvida, com fome.

A cozinha é agradavelmente clara e quente. Do

velho fogão de ferro fundido vem um estralejar firme. Ao lado do fogão, numa cadeira de balanço com um cobertor sobre os joelhos, está Pablo, de óculos, e parece estar lendo o jornal. *"Buenos dias"*, ele diz a Pablo. *"Buenos dias, señor"*, Pablo responde.

Não há sinal de sua mãe. Ele se surpreende: ela costumava levantar cedo. Ele faz café, serve-se de cereal e leite.

Então, olhando melhor, vê que Pablo não está lendo jornal, mas organizando uma pilha de recortes de jornal. A maior parte deles, dobrados cuidadosamente, vai para uma pequena caixa de fibra que está aberta no chão a seu lado; uns poucos ele mantém no colo.

Diante do que sua mãe lhe contou de Pablo, ele espera que os recortes mostrem mulheres com pouca roupa. Mas, sentindo sua reprovação, Pablo ergue um para o olhar dele. *"El papa"*, diz.

É uma fotografia de João Paulo II, vestido de branco, inclinado para a frente em seu trono, dois dedos erguidos em bênção.

"Muy bien", ele diz a Pablo, balança a cabeça e sorri.

Pablo ergue uma segunda foto. De novo João Paulo. De novo ele sorri. Será que Pablo sabe, ele se pergunta, que o papa polonês já morreu, que agora há um alemão no trono? Quanto tempo as notícias levam para chegar a essa aldeia?

Pablo não sorri de volta, mas abre os lábios e expõe os dentes. São dentes miúdos, tão miúdos e tantos que o fazem lembrar de um peixe; parecem estar cobertos por uma película branca, uma película grossa e gomosa demais para ser saliva. É assim que devem ficar os dentes se você não escova do fim de um ano até o próximo; e imediatamente ele sente tamanha repulsa que não consegue mais comer. Com o guardanapo na boca, ele se levanta. *"Scusi"*, diz, e sai da cozinha.

Scusi: palavra errada, italiana. Como dizer em espanhol que você sente muito, mas não consegue olhar na cara de seu interlocutor?

"Ele toma banho?", pergunta a sua mãe. "Notei que não escova os dentes. Não sei como você suporta ficar perto dele".

A mãe ri alegremente. "É. E eu imagino como seria o sexo com ele. Porém os homens geralmente são indiferentes sobre o próprio cheiro. Ao contrário das mulheres."

Estão sentados no pequeno jardim dos fundos, os dois, absorvendo um sol bastante pálido.

"E… se entendi direito", ele diz, "esse homem será o herdeiro de sua propriedade espanhola? Será um passo sensato? Como você pode ter certeza de que ele não vai expulsar os gatos assim que você for embora?"

"Que certeza eu posso ter do Pablo? Que certeza se pode ter de qualquer um? Eu poderia criar um fundo, talvez, do qual o Pablo receberia um estipêndio mensal e contratar um agente para fazer visitas surpresa e verificar se o Pablo está cumprindo seus deveres. Mas seria muito parecido com o Castelo de Kafka — não acha? Não, os gatos vão ter de arriscar com o Pablo. Se ele se revelar uma maçã podre, eles vão ter de voltar a caçar para manter corpo e alma juntos. Primeiro os anos fabulosos de abundância sob a Boa Rainha Elizabeth, depois os tempos sombrios sob o Mau Rei Pablo: se você for filosófico, como a maioria dos animais, você dá de ombros e diz a si próprio que o mundo é assim mesmo e continua com a sua vida."

"Mesmo assim, mãe, falando sério um momento, se você quer deixar a aldeia melhor do que encontrou, será que um fundo legal não seria uma boa opção? Não um fundo destinado a manter o Pablo honesto, mas um fundo para se encarregar de animais abandonados? Você tem dinheiro para isso."

"*Se encarregar*... Cuidado, John. Em alguns círculos, *se encarregar* quer dizer *dar fim*, quer dizer *exterminar*, quer dizer *dar uma morte humanizada*."

"Se encarregar sem eufemismo — é isso que eu quero dizer. Oferecer abrigo, alimentação e cuidar deles quando estiverem velhos ou doentes."

"Vou pensar nisso. Mas eu acho que minha preferência é por uma coisa mais simples. É dar ao Pablo a minha bênção e lembrar que ele tem de alimentar os gatos. Porque é para ele também, esse arranjo, por mais indigesto que você ache que é. Para mostrar que confio nele, nele em quem ninguém confiou antes. Talvez eu escreva umas linhas ao papa, pedindo que fique de olho em seu servo Pablo. Talvez isso resolva. O Pablo é devoto do papa, como você deve ter notado."

É sábado, hora de ele ir embora, dirigir até Madri e pegar o voo de volta para os Estados Unidos.

"Até logo, mãe", ele diz. "Fico contente de ter tido a chance de te ver no seu esconderijo na montanha."

"Até logo, meu menino. Mande lembranças para as crianças e para a Norma. Espero que tenha achado que valeu a pena essa sua longa viagem. Mas shh!" — ela ergue um dedo, sem tocar de fato os lábios dele, o que não seria de seu feitio —, "não precisa me dizer, você estava apenas cumprindo seu dever, eu sei. Não tem nada errado com cumprir o dever. É o dever que faz o mundo girar, não o amor. O amor é ótimo, eu sei, um ótimo bônus. Mas infelizmente não é confiável. Nem sempre flui.

"Mas se despeça do Pablo também. O Pablo gosta de se sentir incluído. Diga para ele *Vaya con Dios*. É o jeito antiquado de se expressar."

Ele vai até a cozinha. Pablo está em seu lugar de sempre, a cadeira de balanço ao lado do fogão. Ele estende a mão. "*Adios*, Pablo", ele diz. "*Vaya con Dios.*"

Pablo se põe de pé, o abraça, dá-lhe um beijo em cada face. Ele não suporta o pequeno estalo de saliva quando Pablo abre os lábios, sente o mau cheiro adocicado de seu hálito. "*Vaya con Dios, señor*", diz Pablo.

2008-2013

Mentiras

Querida Norma,

Escrevo de San Juan, do único hotel local. Visitei mamãe hoje à tarde — meia hora de carro por uma estrada tortuosa. Ela está em mau estado, como eu temia, até pior. Não consegue andar sem a bengala e mesmo assim é muito lenta. Não consegue subir a escada desde que voltou do hospital. Dorme no sofá da sala. Tentei mudar a cama dela para baixo, mas os homens disseram que foi construída in situ, para ser transportada teriam que desmontar todas as suas partes. (Penélope não tinha uma cama assim — a Penélope de Homero?)

Os livros e papéis dela estão em cima — não há espa-

ço para eles no andar de baixo. Ela se agita, diz que quer voltar para a escrivaninha, mas não consegue.

Um homem chamado Pablo ajuda com o jardim. Perguntei quem faz as compras. Ela disse que vive de pão e queijo e do que o quintal produz, não precisa de mais nada. Mesmo assim, eu disse, não podia fazer uma das mulheres da aldeia vir cozinhar e limpar? Ela não quer nem ouvir falar disso — não tem relações com a aldeia, disse. E Pablo?, perguntei — Pablo não faz parte da aldeia? Pablo é minha responsabilidade, ela disse. Pablo não pertence à aldeia.

Pablo dorme na cozinha, pelo que pude ver. Não está nem todo aqui, nem todo lá, ou seja lá qual for o eufemismo. Quer dizer, acho que é um idiota, um simplório. Não toquei no assunto principal — queria tocar, mas não tive coragem. Farei isso quando encontrar com ela amanhã. Não posso dizer que tenha esperança. Ela está fria comigo. Desconfio que entende muito bem por que vim até aqui.

Durma bem. Dê um beijo nas crianças.

John

"Mãe, podemos falar dos seus arranjos de sobrevivência? Podemos falar do futuro?"

A mãe dele, sentada em sua velha e severa poltrona, feita sem dúvida pelo mesmo carpinteiro que fez a cama inamovível, não diz nem uma palavra.

"Você deve saber que a Helen e eu estamos preocupados com você. Você sofreu uma queda séria e é só questão de tempo sofrer outra. Não está ficando nada mais moça e morar sozinha numa casa com degraus íngremes numa aldeia na qual não mantém boas relações com os vizinhos — francamente, não me parece uma existência viável, não mais."

"Eu não moro sozinha", diz a mãe. "O Pablo mora comigo. Posso contar com o Pablo."

"Concordo, o Pablo mora com você. Mas pode mesmo contar com o Pablo numa emergência? O Pablo te ajudou em alguma coisa dessa última vez? Se você não tivesse conseguido ligar para o hospital, onde estaria hoje?"

Assim que as palavras saem de sua boca, ele percebe que cometeu um erro.

"Onde eu estaria?", pergunta a mãe. "Você parece saber a resposta, então para que me perguntar? Debaixo da terra, sendo devorada pelos vermes, acredito. É isso que eu devo dizer?"

"Mãe, por favor, seja razoável. A Helen andou

pesquisando e localizou dois lugares não longe de onde ela mora nos quais você seria bem cuidada e onde ela e eu achamos que vai se sentir em casa. Deixa eu contar para você?"

"Dois lugares. *Lugares* quer dizer *instituições*? Instituições onde eu vou me sentir em casa?"

"Mãe, pode chamar como quiser, pode caçoar de mim e da Helen, mas isso não muda os fatos — os fatos da vida. Você já teve um acidente sério, do qual está sofrendo as consequências. Seu estado não vai melhorar. Ao contrário, é muito provável que piore. Já pensou no que vai ser ficar de cama nesta aldeia esquecida, contando só com o Pablo para atender a suas necessidades? Já pensou no que seria para Helen e eu saber que você está precisando de cuidados, mas incapazes de cuidar de você? Porque não dá para a gente voar milhares de quilômetros todo fim de semana, não é?"

"Não espero que façam isso."

"Não espera que a gente faça isso, mas é o que vamos ter de fazer, é isso que a gente faz quando ama alguém. Então me faça um favor e escute quieta enquanto eu apresento a alternativa para você. Amanhã, ou depois de amanhã, ou depois de depois, você e eu vamos embora deste lugar, vamos de carro até Nice, até a Helen. Antes de ir, eu ajudo a empacotar tudo o que é importante para você, tudo o que você quer conservar. Arrumamos tudo em caixas prontas para despachar para onde você se instalar.

"De Nice, Helen e eu levamos você para conhecer os dois lares de que eu falei, um em Antibes, o outro nos arredores de Grasse. Você pode dar uma olhada e ver como se sente. Não vamos te pressionar, nem um pouco. Se não gostar de nenhum dos dois, que seja, pode ficar com a Helen enquanto procuramos algum outro lugar, temos muito tempo.

"Só queremos que você fique feliz, feliz e em segurança, esse é o objetivo. Nós queremos ter certeza de que, se acontecer alguma coisa, haverá alguém a postos e você será atendida.

"Sei que você não gosta de instituições, mãe. Eu também não. Nem a Helen. Mas chega um momento na vida em que temos de encontrar um meio-termo entre aquilo que desejamos idealmente e o que é bom para nós, entre a independência de um lado e a segurança do outro. Aqui na Espanha, nesta aldeia, nesta casa, você não tem nenhuma segurança. Sei que você discorda, mas essa é a dura realidade. Você pode ficar doente e ninguém vai saber. Pode sofrer outra queda, ficar inconsciente, ou quebrar algum membro. Pode morrer."

Sua mãe faz um pequeno gesto com a mão, como para descartar a possibilidade.

"Os lugares que a Helen e eu estamos propondo não são como as instituições de antigamente. São bem planejados, bem supervisionados, bem cuidados. São caros porque não poupam despesas no interesse da clientela. Paga-se e em troca se recebe cuidados de primeira classe. Se a despesa for um problema, a Helen e eu contribuímos com todo prazer. Você vai ter seu próprio apartamentinho; em Grasse pode ter um pequeno jardim também. Pode fazer as refeições no restaurante ou mandar levar para o apartamento. Ambos os lugares têm academia e piscina; têm uma equipe médica de prontidão 24 horas, e fisioterapeutas. Podem não ser o paraíso, mas para alguém na sua posição são o que há de melhor."

"Minha posição", diz a mãe. "E qual é exatamente a minha posição, segundo você?"

Ele ergue as mãos, exasperado. "Você quer que

eu diga?", pergunta. "Quer realmente que eu coloque em palavras?"

"Quero. Só para variar, como um exercício apenas, me diga a verdade."

"A verdade é que você é uma mulher idosa que precisa de cuidados. Que um homem como o Pablo não é capaz de fornecer."

A mãe balança a cabeça. "Não é verdade. Me diga a outra verdade, a verdade verdadeira."

"A verdade verdadeira?"

"É, a verdade verdadeira."

Querida Norma,

"A verdade verdadeira": foi isso que ela pediu, ou talvez implorou.

Ela sabe muito bem qual a verdade verdadeira, assim como eu, de forma que não deveria ter sido difícil pôr em palavras. E eu estava com tanta raiva que podia mesmo pôr — raiva por ter vindo até tão longe para cumprir um dever pelo qual nem você, nem Helen, nem eu vamos receber agradecimento, não neste mundo.

Mas não consegui. Não consegui dizer na frente dela o que não tenho dificuldade para dizer por escrito, agora, para você: A verdade verdadeira é que você está morrendo. A verdade verdadeira é que você está com um pé na cova. A verdade verdadeira é que você já está incapaz no mundo, e amanhã pode estar ainda mais incapaz, e assim por diante dia após dia, até chegar o dia em que não vai dar mais. A verdade verdadeira é que você não está em posição de negociar. A verdade verdadeira é que você não pode dizer Não. Não pode dizer Não ao ponteiro do relógio. Não pode dizer Não à morte. Quando a morte disser Venha, você terá de baixar a cabeça e ir. Portanto, aceite. Aprenda a dizer Sim. Quando eu digo deixe para trás a casa que você fez para si na Espanha, deixe para trás suas coisas familiares, venha e more — sim — numa instituição, onde uma enfermeira de Guadalupe vai te acordar de manhã com um copo de suco de laranja e uma saudação alegre (*Quel beau jour, Madame Costello!*), você não feche a carranca, não finque os pés. Diga Sim. Diga, eu concordo. Diga, estou em suas mãos. Faça o que for melhor.

Querida Norma, vai chegar um dia em que você e eu também precisaremos que nos digam a verdade, a verdade verdadeira. Então vamos fazer um pacto? Podemos

*prometer que não vamos mentir um para o outro, que
por mais duro que seja dizer as palavras, vamos dizê-las
— as palavras:* não vai melhorar, vai piorar e continuar piorando até não dar para ficar pior, até ser o
pior do pior?

Seu marido que te ama.

John

2011

O matadouro de vidro

UM

Ele é acordado pelo telefone às primeiras horas da manhã. É sua mãe. Ele está acostumado a esses telefonemas tarde da noite: ela segue horários excêntricos e acha que o resto do mundo segue horários excêntricos também.

"John, quanto você acha que custa para construir um matadouro? Não muito grande, só um modelo, como demonstração."

"Demonstração de quê?"

"Demonstração do que acontece num matadouro. O abate. Me ocorreu que as pessoas só toleram o abate de animais porque não veem nada do que acontece. Não veem, não escutam, não sentem o cheiro. Me ocorreu que se houver um matadouro funcionando no centro da cidade, onde todo mundo puder ver, sentir o cheiro e ouvir o que acontece lá dentro, talvez as pessoas mudem suas atitudes. Um matadouro de vidro. Um matadouro com paredes de vidro. O que você acha?"

"Você está falando de um matadouro de verdade, com animais de verdade sendo abatidos, morrendo de verdade?"

"De verdade, tudo. Como demonstração."

"Não acho que exista a mínima chance de você conseguir autorização para construir uma coisa dessas. Nem de longe. Além do fato de que as pessoas não querem saber como a comida vai parar em seu prato, existe a questão do sangue. Quando se corta o pescoço do animal, jorra sangue. Sangue é sujo e pegajoso. Atrai moscas. Nenhuma autoridade local vai tolerar rios de sangue numa cidade."

"Não vai haver rios de sangue. Será apenas um matadouro de demonstração. Um punhado de mortes por dia. Um boi, um porco, meia dúzia de galinhas. Podem fazer um acordo com um restaurante próximo. Carne fresca."

"Esqueça essa ideia, mãe. Não vai dar em nada."

Três dias depois, chega um pacote pelo correio. Contém uma porção de papéis: páginas rasgadas de jornais; fotocópias; um diário com a caligrafia de sua mãe, com uma etiqueta que diz "Diário 1990-1995"; alguns documentos grampeados. Há uma breve nota na capa: "Quando tiver tempo, dê uma olhada neste material e me diga se acha que dá para fazer alguma coisa com ele".

Um dos documentos se chama "O matadouro de vidro". Começa com uma citação:

> Na Idade Média e começo da Idade Moderna, as autoridades civis tentaram impedir o abate de animais em lugares públicos. Viam os matadouros como um incômodo ofensivo e frequentemente tentavam levá-los para fora dos muros da cidade.
>
> Keith Thomas

As palavras *incômodo ofensivo* estão sublinhadas a tinta.

Ele passa os olhos pelo documento. Contém

uma proposta mais elaborada do matadouro que sua mãe descreveu pelo telefone, com uma planta baixa. Pregadas à planta, fotografias de alguns prédios que parecem hangares, provavelmente de um matadouro já existente. À meia-distância, vê-se um caminhão do tipo usado para transportar gado, vazio e sem motorista.

Ele telefona para a mãe. São quatro da tarde para ele, nove da noite para ela, um horário civilizado para ambos. "Chegaram os papéis que você mandou", diz ele. "Pode me dizer o que devo fazer com eles?"

"Eu estava em pânico quando mandei", diz sua mãe. "Me ocorreu que, se eu morresse amanhã, alguma faxineira ignorante podia varrer tudo da minha mesa e queimar. Então embrulhei os papéis e mandei para você. Pode ignorar. O pânico passou. É perfeitamente normal ter acessos de terror quando se fica velho."

"Então não tem nada errado, mãe, nada que eu deva saber? Nada além de um ataque de terror passageiro?"

"Nada."

DOIS

Na mesma noite, ele pega o diário e folheia. Há várias páginas em prosa no começo, intituladas "Djibuti 1990". Ele se acomoda para ler.

"Estou em Djibuti, no nordeste da África", ele lê. "Numa visita ao mercado vejo um rapaz, muito alto, como a maioria das pessoas nesta parte do mundo, nu da cintura para cima, levando nos braços um lindo bode. O bode, que é totalmente branco, está acomodado tranquilamente ali, olhando em torno, gostando do passeio.

"Atrás das barracas do mercado há uma área onde a terra e as pedras estão manchadas de vermelho-escuro, quase preto; estão encharcadas de sangue. Nada cresce ali, nem uma erva daninha, nem uma haste de grama. É o abatedouro, onde bodes, carneiros e aves são mortos. É para esse abatedouro que o homem leva seu bode.

"Não vou atrás deles. Sei o que acontece ali: já vi e não quero ver de novo. O rapaz vai gesticular para um dos abatedores, que vai agarrar o bode e deitá-lo no chão, segurando com força as quatro patas. O rapaz vai tirar a faca da bainha que bate em sua coxa e, sem nenhum preâmbulo, vai cortar a garganta do bode; depois ficará olhando enquanto o corpo se debate e o sangue jorra aos borbotões.

"Quando o bode estiver finalmente imóvel, ele vai cortar fora sua cabeça, abrir seu abdome, puxar suas vísceras e jogá-las na bacia de lata que o abatedor segura, passar um arame pelos jarretes, pendurá-lo numa barra e remover sua pele. Depois, vai cortá-lo ao meio, ao comprido, e levar as duas metades, mais a cabeça com os olhos abertos e vidrados, para o mercado propriamente dito. Se tiver sorte, conseguirá vender esses restos mortais por novecentos francos djibutianos ou cinco dólares norte-americanos.

"Uma vez na casa do comprador, o corpo será cortado em pedaços menores e assado sobre carvões, enquanto a cabeça será cozida num caldeirão. O que não for considerado comestível, principalmente os ossos, será jogado aos cachorros. E esse será o fim. Do bode que ele era na flor da idade, não restará nenhum traço. Será como se nunca tivesse existido. Ninguém vai se lembrar dele, a não ser eu — uma estrangeira que o viu por acaso e foi vista por ele por acaso, quando ele estava a caminho da morte.

"Essa estrangeira, que não o esqueceu, agora se dirige à sombra do bode e faz duas perguntas. Primeira: *No que você estava pensando quando foi levado ao mercado naquela manhã nos braços de seu dono? Você sabia realmente aonde ele o levava? Sentiu o cheiro do sangue? Por que não lutou para escapar?*

"E a segunda pergunta é: *O que você acha que se passava na cabeça daquele rapaz quando o levou ao mercado — você, que ele conhecia desde o dia em que você nasceu, que fazia parte do rebanho que ele levava para pastar todas as manhãs e trazia para casa todas as tardes? Ele lhe disse alguma palavra de desculpas pelo que estava prestes a fazer com você?*

"Por que faço essas perguntas? Porque quero entender o que você e seus irmãos e irmãs pensam sobre o pacto que seus ancestrais fizeram com a humanidade muitas gerações atrás. Nos termos desse pacto, a humanidade se comprometeu a proteger você de seus inimigos naturais, o leão e o chacal. Em troca, seus ancestrais prometeram que, quando chegasse a hora, cederiam seus corpos a seus protetores para serem devorados; além disso, prometeram que sua descendência faria o mesmo até a centésima e milésima gerações.

"Parece-me um pacto ruim, muito desfavorável para sua tribo. Se eu fosse um bode, preferiria me arriscar entre os leões e chacais. Mas não sou um bode e não sei como funciona a cabeça de um bode. Talvez os bodes pensem assim: *pode ser que eu não tenha o mesmo destino que coube a meus pais e avós*. Talvez a natureza dos bodes seja viver com esperança.

"Ou talvez os bodes simplesmente não pensem. Temos de levar a sério essa possibilidade, como fazem certos filósofos — filósofos humanos. O bode não pensa, propriamente falando, dizem os filósofos. Qualquer atividade mental do bode, se tivéssemos acesso a ela, seria irreconhecível para nós, alheia, incompreensível. Esperança, expectativa, presságio — são formas de pensamento desconhecidas para o bode. Se o bode esperneia e luta no momento final, quando a faca aparece, não é porque entendeu de repente que sua vida está para acabar. É uma simples aversão reativa ao cheiro insuportável de sangue, ao estranho que prende suas patas e o mantém no chão.

"Claro que, se você não é filósofo, é difícil acreditar que o bode, uma criatura que se parece tanto conosco em tantos aspectos, pode passar a vida inteira, do começo ao fim, sem pensar. Uma consequência disso é que, quando se trata de matadouros, nós, no Ocidente esclarecido, nos esforçamos para preservar ao máximo possível a ignorância do bode, ou do carneiro, ou do porco, ou do boi, tentando impedir que ele se assuste até que, finalmente, quando ele pisa no chão do sacrifício e vê o estranho manchado de sangue segurando a faca, o alarme se torne inevitável. Idealmente, gostaríamos que o animal estivesse atordoado — com a mente incapacitada —, de forma que jamais perceba o que está ocorrendo. Para que não se dê conta de que chegou a hora de ele pagar, de cumprir com a sua parte do pacto imemorial. Para que os seus últimos momentos na Terra não sejam cheios de dúvidas, confusão e terror. Para que ele morra, conforme dizemos, 'sem sofrer'.

"Em nossos rebanhos, costumamos castrar os machos. Ser castrado sem anestesia é muito mais doloroso do que ter a garganta cortada, e a dor dura muito mais. No entanto, ninguém faz uma canção ou uma dança a respeito da castração. O que é, então, que consideramos inaceitável na dor da morte? Mais especificamente, se estamos preparados para infligir a morte ao outro, por que queremos evitar que ele sinta dor? Por que é inaceitável para nós infligir a dor da morte, se infligimos a própria morte?

"Em inglês existe a palavra *squeamish*, melindroso, que o meu dicionário espanhol traduz por *impresionable*. Em inglês, *squeamish* faz um par de opostos com *soft-hearted*, compassivo. Uma pessoa que não gosta de ver um besouro ser esmagado pode ser chamada tanto de compassiva como de melindrosa, dependendo se você admira a simpatia pelo besouro ou se acha isso uma bobagem. Quando os trabalhadores do matadouro falam das pessoas que defendem o bem-estar dos animais, que fazem o possível para que os últimos momentos do animal na Terra sejam livres de dor ou terror, eles as chamam de melindrosas, não de compassivas. Eles geralmente desprezam essas pessoas. *Morte é morte*, dizem os trabalhadores do matadouro.

"*Você gostaria que seus últimos momentos na Terra fossem cheios de dor e terror?*, perguntam os defensores dos direitos dos animais aos trabalhadores do matadouro. *Não somos animais*, respondem os trabalhadores do matadouro. *Somos seres humanos. Não é igual para nós e para eles.*"

TRÊS

Ele deixa de lado o diário e olha o resto dos documentos, a maioria dos quais parece ser de críticas ou ensaios sobre vários escritores. O mais curto tem o título de "Heidegger". Ele nunca leu Heidegger, mas ouviu dizer que é impenetrável de tão difícil. O que sua mãe tem a dizer sobre Heidegger?

"No que concerne aos animais, Heidegger observa que sua experiência de mundo é limitada ou deficiente: a palavra que ele usa em alemão é *arm*, pobre. Sua experiência de mundo não é pobre apenas em comparação com a nossa: é pobre em termos absolutos. Embora ele afirme isso dos animais em geral, há razões para crer que quando fez essa observação tinha em mente criaturas como pulgas e carrapatos.

"Quando ele usa o termo *pobre*, parece querer dizer que a experiência de mundo do animal tem de ser limitada, em comparação com a nossa, porque o animal não pode agir com autonomia, só pode reagir a estímulos. Os sentidos do carrapato podem estar vivos, mas estão vivos apenas para certos estímulos, por exemplo o cheiro no ar ou a trepidação no chão que indicam a aproximação de uma criatura de sangue quente. Quanto ao resto do mundo, o carrapato pode muito bem ser surdo e cego. Por isso é que, na linguagem de Heidegger, o carrapato é *weltarm*, pobre de mundo.

"E quanto a mim? Posso penetrar com meu pensamento no ser de um cachorro, ou pelo menos acredito nisso; mas consigo saber como é ser um carrapato? Será que consigo realmente experimentar a intensidade da percepção de um carrapato quando seus sentidos se esforçam para sentir o cheiro ou ouvir a aproximação de seu objeto de desejo? Será que quero seguir Heidegger e comparar a intensidade avassaladora e completamente focada da percepção do carrapato com a minha própria consciência humana dispersa, que flutua continuamente de um objeto a outro? O que é melhor? Qual eu prefiro? Qual o próprio Heidegger preferiria?

"Heidegger teve um célebre ou notório romance com Hannah Arendt quando ela era sua aluna. Nas cartas que escreveu a ela, as que chegaram até nós, ele não diz uma só palavra sobre a intimidade deles. Mesmo assim, eu pergunto: o que Heidegger estava procurando através de Hannah, ou através de qualquer outra de suas amantes, se não aquele momento em que a consciência se concentra com intensidade avassaladora, completamente focada, antes de se extinguir?

"Tento ser justa com Heidegger. Tento aprender com ele. Tento entender suas difíceis palavras alemãs, seus difíceis pensamentos alemães.

"Heidegger diz que para o animal (por exemplo, o carrapato) o mundo consiste, por um lado, de certos estímulos (cheiros, sons) e, por outro lado, de tudo o que não é um estímulo e, portanto, pode muito bem não existir. Por essa razão, podemos pensar que o animal (o carrapato) é escravizado — não pelos cheiros e sons em si mesmos, mas por um apetite pelo sangue cuja proximidade é sinalizada pelos cheiros e sons.

"Evidentemente, os animais superiores não são totalmente escravos de seus apetites, pois demonstram uma curiosidade a respeito do mundo ao seu redor que vai muito além dos objetos de seus apetites. Mas prefiro evitar palavras como 'superior' ou 'inferior'. Quero entender esse homem, Heidegger, sobre o qual lanço a rede de minha curiosidade, como uma aranha.

"Por ser escravo de seus apetites, diz Heidegger, o animal não pode agir no mundo nem sobre o mundo, propriamente falando: ele pode apenas *se comportar* e, além disso, se comportar apenas dentro do mundo que é definido pela extensão, pelo alcance, de seus sentidos. O animal não pode compreender o outro como tal, em si mesmo; o outro nunca pode se revelar ao animal como aquilo que é.

"Por que, cada vez que eu (como uma aranha) lanço minha mente tentando entender Heidegger, eu o vejo na cama com sua aluna de sangue quente, os dois nus debaixo de um daqueles enormes edredons alemães, numa tarde chuvosa de quinta-feira em Württemberg? O coito terminou, eles estão deitados lado a lado, ela escuta enquanto ele fala e fala, sem parar, sobre o animal para quem o mundo é um estímulo, ou uma trepidação na terra, ou um cheiro de suor, ou então nada, o vazio, a inexistência. Ele fala, ela escuta, tentando entendê-lo, cheia de boa vontade com seu professor-amante.

"Só para nós, diz ele, o mundo se revela como é.

"Ela se vira para ele, toca-o e, de repente, ele se enche de sangue outra vez: nunca se farta dela, seu apetite por ela é insaciável."

Isso é tudo. Esse é o fim abrupto do texto de três páginas de sua mãe sobre Heidegger. Ele procura entre os papéis, mas não há uma quarta página.

Num impulso, telefona para ela. "Estava lendo seu texto sobre Heidegger. Achei interessante, mas o que é? Ficção? Um trabalho abandonado? Como devo interpretar?"

"Acho que pode chamar de trabalho abandonado", responde a mãe. "Começou a sério, depois mudou. Esse é o problema com a maior parte do material que escrevo hoje. Começa sendo uma coisa e termina sendo outra."

"Mãe", diz ele, "não sou escritor, como você sabe muito bem, nem especialista em Heidegger. Se você me mandou seu texto sobre Heidegger na esperança de que eu possa te dizer o que fazer com ele, desculpe, não posso ajudar."

"Mas você não acha que tem o germe de alguma coisa ali? O homem que pensa que a experiência do mundo do carrapato é paupérrima, pior que paupérrima, que acha que o carrapato não tem nenhuma percepção do mundo além de farejar incessantemente o ar e esperar que apareça uma fonte de sangue; o homem que, no entanto, tem sede, ele próprio, daqueles momentos de êxtase em que sua percepção do mundo se reduz a nada e ele se perde em arrebatamentos sensuais, irracionais...? Você não percebe a ironia?"

"Percebo, mãe. Percebo a ironia, sim. Mas essa questão que está colocando não é banal? Deixe eu falar com toda a clareza. Diferente dos insetos, nós, seres humanos, temos uma natureza dividida. Temos apetites animais, mas também temos razão. Gostaríamos de viver uma vida racional — Heidegger gostaria de viver uma vida racional, Hannah Arendt gostaria de viver uma vida racional —, mas às vezes não conseguimos, porque às vezes somos dominados por nossos apetites. Somos dominados e cedemos, nos rendemos. Depois, quando nossos apetites foram satisfeitos, voltamos à vida racional. O que mais é preciso dizer além disso?"

"Depende, meu filho, depende. Podemos falar como adultos, você e eu? Podemos falar como se nós dois soubéssemos o que quer dizer a vida dos sentidos?"

"Vá em frente."

"Pense então nesse momento, o momento em que você está sozinho com quem você ama de verdade, quem você deseja de verdade. Pense no momento da consumação. Nesse momento, onde está aquilo que você chama de razão? Será que está absolutamente obliterada, e nesse momento somos indistinguíveis do carrapato cheio de sangue? Ou será que, por trás de tudo, um lampejo de razão ainda brilha, ainda vivo, esperando seu momento, esperando para se acender de novo, esperando o momento em que você se separa do corpo da amada e retoma a própria vida? Se for este último caso, o que esse lampejo de razão estava fazendo enquanto o corpo se divertia? Será que estava esperando impacientemente para reaparecer; ou, ao contrário, estava cheio de melancolia, querendo expirar, morrer, mas sem saber como? Porque — falando de um adulto para outro — não é isso que inibe nossas consumações — esse persistente lampejo de razão, de racionalidade? Queremos nos dissolver em nossa natureza animal, mas não conseguimos."

"Logo?"

"Logo, eu penso nesse homem, Martin Heidegger, que quer ter orgulho de ser um homem, *ein Mensch*, que nos diz que o homem é o criador do mundo ao seu redor, *weltbildend*, e que podemos ser como ele, *weltbildend* também; mas, na verdade, ele não tem certeza, no final das contas, de que queira ser *ein Mensch*; há momentos em que se pergunta se, numa perspectiva mais ampla, não seria melhor ser um cachorro ou uma pulga e se deixar arrastar pela torrente do ser."

"A torrente do ser. Agora eu me perdi. O que é isso? Explique."

"A torrente. A enxurrada. Heidegger tem intuições de como seria essa experiência, a experiência da torrente do ser, mas resiste a elas. Em vez disso, diz que é uma experiência empobrecida do ser. Ele chama de empobrecida porque é invariável. Que piada! Ele senta em sua mesa e escreve, escreve. *Das Tier benimmt sich in einer Umgebung, aber nie in einer Welt*: o animal age (ou se comporta) dentro de um ambiente, mas nunca dentro de um mundo. Ele ergue a caneta do papel. Batem na porta. É a batida que ele esteve esperando o tempo todo enquanto escrevia, com todos os sentidos em alerta. Hannah! A amada! Ele larga a caneta. Ela veio! O que ele deseja está ali!"

"E?"

"Só isso. Não consegui ir adiante. Todo o material que mandei para você é assim. Não consigo avançar. Está faltando alguma coisa em mim. Antes eu conseguia avançar, mas parece que perdi isso, essa capacidade. As engrenagens estão parando, as luzes estão se apagando. Parece que o mecanismo com que eu contava para poder avançar não funciona mais. Não se assuste. É a natureza — é o jeito da natureza me dizer que está na hora de ir para casa. É outra experiência sobre a qual Martin Heidegger não estava preparado para refletir: a experiência de estar morto, de não estar presente no mundo. É uma experiência toda própria. Eu podia falar disso com ele se ele estivesse aqui — pelo menos sobre as primeiras manifestações disso."

QUATRO

No dia seguinte, ele folheia o diário da mãe outra vez e se detém na última anotação, datada de 1º de julho de 1995.

"Ontem fui a uma conferência de um homem chamado Gary Steiner. Ele falou de Descartes e de sua influência permanente sobre o modo como pensamos sobre animais, mesmo os mais esclarecidos de nós. (Descartes, vale lembrar, disse que seres humanos têm almas racionais enquanto os animais não têm. Do que se conclui que, embora os animais sejam capazes de sentir dor, não são capazes de sofrer. Segundo Descartes, a dor é uma sensação física desagradável que dispara uma resposta automática, um grito ou um uivo, enquanto o sofrimento é outra coisa, que pertence a um plano superior, o plano do humano.)

"Achei a conferência interessante. Mas então o professor Steiner começou a entrar em detalhes sobre os experimentos anatômicos de Descartes e de repente eu não consegui mais suportar. Ele descreveu uma experiência que Descartes realizou com um coelho vivo, que eu presumo que estava amarrado ou pregado numa prancha para que não se mexesse. Descartes abriu o tórax do coelho com um bisturi, cortou as costelas uma a uma e as removeu para expor o coração batendo. Então fez uma pequena incisão no próprio coração e, por um ou dois segundos, antes que o coração parasse de bater, pôde observar o sistema de válvulas por meio do qual o sangue é bombeado.

"Ouvi o professor Steiner por algum tempo, mas depois parei de ouvir. Minha mente foi para outro lugar. Senti uma necessidade urgente de cair de joelhos; mas estávamos em uma sala de conferências e as poltronas eram muito próximas umas das outras, não havia espaço para se ajoelhar. 'Com licença, com licença', falei para meus vizinhos, e fui embora do auditório. No foyer, que estava vazio, eu finalmente pude me ajoelhar e pedir perdão, em meu nome, em nome do sr. Steiner, em nome de René Descartes, em nome de toda a nossa gangue assassina. Havia uma canção martelando em meus ouvidos, uma antiga profecia:

Na porta do dono um cão esfaimado
profetiza a derrocada do Estado.

Um cavalo na estrada em sofrimento
clama por sangue humano ao firmamento.
Cada grito da lebre perseguida
é uma fibra da mente rota, ferida...
Aquele que machuca um beija-flor
jamais merecerá o nosso amor...
Mariposa, borboleta, melhor não matar
porque o Juízo Final não vai demorar.

O Juízo Final! Que misericórdia o coelho de Descartes, martirizado pelo bem da ciência há trezentos e setenta e oito anos e nas mãos de Deus desde esse dia, com o peito despedaçado, pode demonstrar por nós? Que misericórdia merecemos?"

Ele, John, filho da mulher que caiu de joelhos em julho de 1995 e pediu perdão, e que depois escreveu as palavras que ele acabou de ler, pega sua caneta. Ao pé da página, escreve: "Um fato sobre coelhos, comprovado pela ciência. Quando as mandíbulas da raposa se fecham no pescoço do coelho, ele entra em estado de choque. A natureza cuidou — ou, se você preferir, Deus cuidou — para que a raposa possa abrir a barriga do coelho e alimentar-se de suas vísceras sem que o coelho sinta nada, absolutamente nada. Nenhuma dor, nenhum sofrimento". Ele sublinha as palavras *Um fato sobre coelhos*.

Sua mãe não deu nenhum sinal de que deseja seu diário de volta. Mas o destino é inescrutável. Talvez ele seja o primeiro dos dois a morrer, atropelado ao atravessar a rua. Então *ela*, para variar, lerá os pensamentos *dele*.

CINCO

O documento mais grosso que sua mãe mandou trata de um livro chamado *Por que os animais importam*, de Marian Dawkins. É uma resenha ou um esboço de resenha.

"A palavra *importam* no título do livro confunde o leitor. Nada 'importa' em abstrato. Em abstrato, ou todos nós importamos, ou nenhum de nós importa. O que Dawkins quer dizer é *Por que os animais importam para os seres humanos*.

"Eis uma amostra de Dawkins em ação, escrevendo sobre as mentes dos animais, escrevendo para mentes humanas para quem a questão do animal é apenas uma entre muitas questões, e certamente não uma questão de vida e morte. *Animais têm mentes de verdade*, ela pergunta, *mentes como a nossa? Como respondemos cientificamente a essa pergunta?*

"Eis a resposta dela: respondemos à questão cientificamente, em primeiro lugar, formulando-a cientificamente. Para formular a questão cientificamente, nesse caso, é preciso registrar o comportamento que queremos explicar, e depois analisar racionalmente a série de hipóteses que poderiam dar conta desse comportamento.

"Eu me coloco na posição do animal que Dawkins se propõe a julgar. *Você resolveu que quer saber se eu tenho uma mente ou se, ao contrário, sou simplesmente uma máquina biológica, uma máquina feita de carne e osso. Com essa finalidade, você vai me submeter a um julgamento cuja forma será determinada por você. Será um julgamento científico, caracterizado por racionalidade, ceticismo, comprovação de hipóteses etc. Você chegará à conclusão de que eu não tenho mente, a menos que eu, que estou sendo julgado, possa provar o contrário (na realidade, a menos que você, agindo em meu nome, possa provar o contrário). Se conseguir produzir duas hipóteses alternativas para explicar meu comportamento durante o julgamento (na realidade, para explicar a maneira como você observa meu comportamento), você escolherá, segundo seu método científico, a mais simples das duas hipóteses.*

"Pergunto: com tanta coisa contra mim, nessa questão de vida e morte, que esperança tenho eu de convencer você que eu tenho uma mente de verdade?"

Ele deixa os papéis de lado. É tarde, está cansado, mas sua atenção é atraída por um documento no qual a palavra *DASTON* está rabiscada em grossas maiúsculas pretas no cabeçalho.

"Não amo os animais", ele lê. "Os animais não precisam do meu amor e eu não preciso do deles. O amor humano já é obscuro o bastante. Como o amor humano escolhe seus objetos? Não faço ideia. Por que ele é tão carregado de ambivalência? Também não sei. Imagine quão inacessíveis devem ser, para nós, os sentimentos dos animais! Não, não estou interessada em amor, só me importa a justiça.

"Mesmo assim, sempre tive a convicção de que tenho certo grau de acesso ao — como posso chamar? — ser interior dos animais. Não a seus pensamentos, não a seus sentimentos, mas ao teor, o *Stimmung*, de seu estado interior, que pode nem ser um estado 'interior' (por oposição a um 'exterior'), pois tenho minhas dúvidas de que haja alguma diferença entre psique e soma — tanto nos animais como em nós mesmos. Mas sempre tive a convicção de que tinha esse acesso ao interior e, portanto, me comportei com os animais que cruzaram o meu caminho como se de fato eu tivesse esse dom. Sem dúvida escrevi como se eu tivesse esse dom.

"*Animais*: que termo confuso! O que o gafanhoto e o lobo têm em comum além do fato de não serem humanos? Quem é mais parecido: o lobo e o gafanhoto, ou o lobo e eu?

"Como eu disse, eu acreditava ter acesso ao ser interior do lobo, do gafanhoto e de todo o resto do zoológico. Como? Por causa da capacidade de empatia, que em minha opinião não científica é inata a nós. Nascemos com essa faculdade, que eu chamaria de uma faculdade da alma, mais que uma faculdade da mente; podemos optar por cultivá-la ou deixar que ela murche.

"E é aqui que entra Lorraine Daston, que se dedica à história das ideias. É Daston quem mais me faz duvidar de mim mesma. Ela coloca num contexto histórico gente como eu, gente que acredita que temos uma faculdade inata que nos permite ver o mundo através dos olhos do outro.

"Em resumo, Daston diz o seguinte: a convicção de que nós, seres humanos, temos a capacidade de nos abstrair de nós mesmos e projetar-nos empaticamente na mente de outros — o que ela chama de capacidade de *mudar de perspectiva* — não é inata e universal, mas, ao contrário, emergiu pela primeira vez no Ocidente, no final do século XVII, no campo que era então chamado de ciências morais, num momento da história da filosofia ocidental em que a subjetividade parecia ser a essência da mente. Essa ideia sobre a capacidade de mudar de perspectiva teve um começo e terá um fim.

"A essa proposição de Daston eu respondo: claro que a subjetividade é a essência da mente, da experiência mental. *Cogito ergo sum*: é porque *eu* penso que tenho consciência, não porque exista um pensamento-em-abstrato. Penso, e meu pensamento é só meu, colorido pela minha 'eu-dade', minha subjetividade, que se encontra num estrato mais profundo que o pensamento. Há algo mais óbvio do que isso?

"É aí que Daston faz um movimento conceitual que me confunde. Ela introduz anjos nesse quadro. Assim como costumávamos pensar que os animais eram mentalmente inferiores a nós, diz ela, também achávamos que deuses ou anjos tinham mentes superiores às nossas. Na angelologia de Tomás de Aquino, os anjos têm uma inteligência intuitiva capaz de captar num instante todas as consequências de qualquer conjunto de premissas apresentado a eles. É como se, para a mente angélica, a matemática inteira pudesse ser entendida numa única iluminação autoevidente.

"Comparemos essa mente angélica com nossa inteligência humana, que avança penosamente pelos degraus da lógica e muitas vezes comete algum erro ao longo do caminho. Como pode essa mente humana inferior, mesmo com a ajuda de sua tão decantada capacidade de empatia, ter a aspiração de habitar uma inteligência angélica, de assumir uma perspectiva angélica?

"Anjos existem? Quem sabe? A afirmação de Daston não depende de sua existência real. Em outros tempos, diz ela, havia gente como Tomás de Aquino, que era capaz de conceber outros tipos de mente diferentes da nossa sem postular uma capacidade de empatia que nos permitiria projetar-nos no modo de existência do outro.

"Que lição Daston tem para mim em particular? Ela me ensina que, ao supor sem questionamentos que através do poder de empatia, do sentimento fraterno, posso compreender a mente animal, eu simplesmente demonstro que sou uma criatura da minha época, que nasci quando reinava o paradigma da mudança de perspectiva e que sou ignorante demais para escapar dele. Uma lição de humildade, se eu resolver aceitá-la."

SEIS

Ele terminou de ler. É uma da manhã para ele, seis da manhã para sua mãe. É muito provável que ela ainda esteja dormindo. Mesmo assim, ele pega o telefone.

Preparou um discurso. "Obrigado por me mandar os documentos, mãe. Li quase tudo e acho que entendi o que você quer que eu faça. Você gostaria que eu desse forma a essa miscelânea de textos, que fizesse com que eles se encaixassem de algum jeito. Mas você sabe tão bem quanto eu que não tenho nenhum dom para esse tipo de coisa. Então me diga, aonde realmente você quer chegar? Existe alguma coisa que está com medo de me dizer? Sei que é muito cedo, me desculpe, mas por favor se abra comigo. Tem alguma coisa errada?"

Há um longo silêncio. Quando sua mãe por fim começa a falar, a voz é perfeitamente clara, perfeitamente lúcida.

"Muito bem, vou dizer. Eu não sou mais eu mesma, John. Está acontecendo alguma coisa comigo, com minha mente. Esqueço das coisas. Não consigo me concentrar. Fui ao médico. Ele quer que eu vá à cidade fazer exames. Marquei consulta com um neurologista. Mas, enquanto isso, estou tentando pôr minha vida em ordem, caso aconteça alguma coisa.

"Não dá nem para descrever a confusão da minha mesa. O que mandei para você é só uma parte. Se alguma coisa me acontecer, a faxineira vai jogar tudo no lixo. O que talvez seja merecido. Mas, em minha vaidade humana, eu insisto em pensar que dá para fazer alguma coisa de valor com isso tudo. Isso responde à sua pergunta?"

"Qual você acha que é o seu problema?"

"Não sei com certeza. Como eu disse, esqueço

das coisas. Esqueço de mim mesma. De repente me vejo na rua e não sei por que estou ali ou como fui parar lá. Às vezes, esqueço até quem eu sou. Uma experiência assustadora. Sinto que estou perdendo minha mente. O que é de esperar. O cérebro, como é matéria, se deteriora e, como a mente está conectada ao cérebro, ela se deteriora também. É assim que estão as coisas, em resumo. Não consigo trabalhar, não consigo pensar nada que seja mais complexo. Se você resolver que não dá para fazer nada com os papéis, não tem importância, só guarde em algum lugar seguro. Mas, já que estou conversando com você, deixe eu te contar o que aconteceu ontem à noite.

"Havia um programa na televisão sobre criação intensiva de animais. Normalmente eu não assisto a essas coisas, mas dessa vez, por alguma razão, não desliguei.

"O programa mostrava uma incubadora industrial de galinhas — um lugar onde fertilizam ovos em massa, chocam artificialmente e separam os pintos por sexo.

"Funciona assim: no segundo dia de vida, quando já conseguem ficar de pé sozinhos, os pintos são colocados numa esteira que os faz passar lentamente diante de funcionários cuja tarefa é examinar seus órgãos sexuais. Se você é fêmea, é transferida para uma caixa e despachada para o galpão de poedeiras, onde você vai passar toda a sua vida produtiva como uma poedeira. Se você é macho, fica na esteira. No fim da esteira, você é empurrado e cai. No fim da queda, há duas rodas dentadas que moem você até virar uma pasta que é então esterilizada quimicamente e transformada em ração para gado ou fertilizante.

"A câmera, ontem à noite, acompanhava o trajeto de um determinado pintinho pela esteira. Você podia adivinhar o que o pintinho pensava: *Então a vida é assim! Um pouco confusa, mas não muito difícil até agora.* Depois, um par de mãos o levantou, apartou as penas entre suas coxas, recolocou-o na esteira. *Quantos testes!*, ele pensou. *Parece que nesse eu passei.* A esteira continuou rolando. Ele seguiu em frente, bravamente, encarando o futuro e tudo o que o futuro lhe traria.

"Não consigo tirar a imagem da cabeça, John. Todos aqueles bilhões de pintinhos que nascem neste lindo mundo e a quem concedemos a graça de viver por um dia antes de serem triturados porque são do sexo errado, porque não se encaixam no plano de negócios.

"Na maior parte do tempo, não sei mais no que eu acredito. As convicções que eu tinha parece que foram dominadas pela névoa e confusão da minha cabeça. Mesmo assim, me apego a uma última convicção: a de que aquele pintinho que apareceu para mim na tela ontem à noite apareceu por alguma razão, ele e outros seres insignificantes cujo caminho se cruzou com o meu quando estavam a caminho de suas respectivas mortes.

"É para eles que eu escrevo. A vida deles é tão breve, tão facilmente esquecível. Eu sou o único ser no universo que ainda se lembra deles, se deixarmos Deus de lado. Depois que eu for embora, haverá apenas vazio. Será como se eles nunca tivessem existido. Por isso é que eu escrevo sobre eles e por isso eu quis que você lesse sobre eles. Para passar adiante a memória deles, para você. Só isso."

2016-2017

ESTA OBRA FOI COMPOSTA EM MERIDIEN PELO ACQUA ESTÚDIO E IMPRESSA
PELA GEOGRÁFICA EM OFSETE SOBRE PAPEL PÓLEN BOLD DA SUZANO S.A.
PARA A EDITORA SCHWARCZ EM OUTUBRO DE 2021

A marca FSC® é a garantia de que a madeira utilizada na fabricação do papel deste livro provém de florestas que foram gerenciadas de maneira ambientalmente correta, socialmente justa e economicamente viável, além de outras fontes de origem controlada.